U0701898

海天译丛

TRANSPARENCE

MARC
DUGAIN

无尽透明

长生不老之谋杀事件

[法] 马尔克·杜甘 / 著
邓颖平 / 译

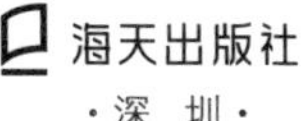

海天出版社
·深 圳·

图书在版编目（CIP）数据

无尽透明：长生不老之谋杀事件 / (法) 马尔克・杜甘著；邓颖平译. — 深圳：海天出版社, 2020.4
（海天译丛）
ISBN 978-7-5507-2901-8

Ⅰ. ①无… Ⅱ. ①马… ②邓… Ⅲ. ①幻想小说—法国—现代 Ⅳ. ①I565.45

中国版本图书馆CIP数据核字(2020)第068530号

版权登记号　图字：19-2019-160号
Transparence, Marc Dugain

无尽透明：长生不老之谋杀事件
WUJIN TOUMING：CHANGSHENG BULAO ZHI MOUSHA SHIJIAN

出 品 人　聂雄前
责任编辑　岑诗楠
责任校对　陈少扬
责任技编　梁立新
装帧设计　龙瀚文化

出版发行　海天出版社
地　　址　深圳市彩田南路海天综合大厦（518033）
网　　址　www.htph.com.cn
订购电话　0755-83460239（邮购、团购）
设计制作　深圳市龙瀚文化传播有限公司 0755-33133493
印　　刷　深圳市华信图文印务有限公司
开　　本　889mm × 1194mm　1/32
印　　张　6
字　　数　101千
版　　次　2020年4月第1版
印　　次　2020年4月第1次
定　　价　42.00元

"对抗死亡的各种功能加起来就是生命。"

——格扎维埃·比沙[1]

"永远不要相信把你的船帆吹得鼓起来的风，它总是过期失效的。"

——塞缪尔·贝克特《梅西埃与卡米耶》

"我们并非按照世界的本来面目，而是按照我们自己的样子看世界。"

——阿娜伊斯·宁[2]

---

① 格扎维埃·比沙（Xavier Bichat，1771—1802），法国医学家，被誉为"组织学之父"，认为人体的器官是一种较简单的结构的复合体。

② 阿娜伊斯·宁（Anaïs Nin，1903—1977），西班牙小说家、舞蹈家，被誉为现代西方女性文学的开创者，主要作品有《亨利和琼》等。

大西洋在我左手边怒吼，狂浪拍打悬崖的样子让人想起穿着束身衣的精神病人摇摇晃晃地去撞墙。开阔荒芜的景致中，一条公路蜿蜒向上，十分壮观。这条路通向我建在这个海岸上的家。150多年前，我的一位祖先在这儿的小医院去世。在我家附近还有一些低调的建筑，住在里面的全是我的伙伴，12个对秘密计划充满热忱的男男女女。25年来，我们共同生活在这片伸向峡湾的宽阔地带。这幅宏图把我们的生活变成了圣职，只有我们自己知道深居简出的必要性。

我恢复手动驾驶，这样能让我放松些。我开了很久。我的车是电影《警网铁金刚》[①]的男主角史蒂夫·麦奎因驾驶的福特野马的翻版，使用氢燃料。一个世纪前，这款车在旧金山坡路上疾驰的画面让观众如痴如醉，驾驶汽车的男演员也成了人们心中永远的偶像。这部由彼得·叶茨导演的电影在2D电影爱好者中引起了怀旧潮。

断开自动驾驶连接是被禁止的，在一些国家会受到严厉处罚。冰岛地广人稀，对热衷驾驶的人相对宽容。我的同事破解了断开连接的复杂程序。在某些路段手动驾驶让我体会到一种独特的自由。为此，要先让车载电脑停止工作。重新找到一点儿责任感是珍贵、难得的体验，虽然这会给零风险社会带来一些难以承受的风险。

伴随齐柏林飞艇[②]的名曲《天堂的阶梯》，我加速通过弯道，让轮胎达到抓地力的极限。轮胎在峡湾蜿蜒曲折的路上发出的摩擦声让我得到一种幼稚的快感，对此，我欣然接受。

---

① 好莱坞警匪片的先锋之作，1968年上映。
② 齐柏林飞艇（Led Zeppelin），英国摇滚乐队，1968年组建于伦敦。

分散在沿途的零星建筑都建在路的上方，我们的村子却不是这样。进村的路是向右急转的一条土路，路的尽头是属于我们的半岛，面朝大海。

我的房子俯瞰这片面积不足10公顷的半岛。房子建在火山黑土上，还种了一些树。在阳光的照射下，用木头和玻璃建造的房屋像是几块巨大的透明方块。有几块以不平衡的姿态堆在一起，让人觉得它们随时会倒塌。方块越堆越多，越来越靠近大海，制造出令人晕眩的景象。不少来过我家里的客人走近海边的落地窗时会后退一步，玻璃窗正下方就是我的祖先长眠的公墓。

这不是普通的一天。定义我澎湃的内心世界绝非易事。可以说，我快乐得都要飘起来了，就像地心引力已经不起作用。就像人会忘记自己的呼吸，我已经忘了自己不再呼吸，然而我从来没有像现在这样充满活力。

半个小时后，我要向我的伙伴和同事发出“进攻”的信号。出于安全考虑，同事只知道我们公司的部分业务。陪伴我的12位创始人期待已久的是对资本市场发起空前的攻势，如果一切按我的计划进行，这次进攻将把全人类带入一个新时代。

开车的半个小时，我像是被“一切尽在掌握”的感觉笼罩。想到人工智能即将战胜愚昧所制造的一切麻烦，我不禁笑起来。微笑逐渐变成狂笑，以至于我的车自动停到路边，因为它觉得我不能再这么开下去，这也证明无论谁都不能彻底断开人工智能的连接。

到了家门口，我从车里出来，这片空地常年被风吹打，我的狗像平时一样过来迎接我。这只黄色的巨型牧羊犬下颌像起重机一样有力。它没有摇尾巴，而是盯着自己的爪子，发出低沉的叫声，这种叫声说明它心里害怕。然后它露出獠牙，颤抖着走开了。听到我的声音，它缓和下来，围着我转圈，耳朵低垂，尾巴耷拉，一副迟疑的样子。

平时，到了这个时间点，轻微的头痛就会开始蔓延，笼罩整个脑部。我等着，可是头痛并没有出现。平时，也是这个时间点，我会给自己倒杯酒，一小杯泥炭烘焙威士忌。这种习惯从此要消失了，一边累到叹气一边瘫倒在落地窗对面的白色大沙发上的习惯也会消失。海面突然平静下来，并非静如止水，海浪发出轻柔的拍打声，微微荡漾起伏，就像平躺着的熟睡男子的呼吸。远处，海天不再融为一体，地平线愈发清晰。微光轻洒在波光粼粼的碧海上，一艘中型船顺流驶向格陵兰岛。

我们向世界各大交易所同时发起进攻，主要在纽约、东京、伦敦。指令是出售数百亿美元的股票期货。

股票期货交易就是卖家今天出售股票，买家到月底发货日再买入。收购按照出售当天的市价进行。如果市价在出售日和买入日之间下跌，卖方获利；如果行情相反，卖方的交易就会赔钱。

我们操控售出日和买入日之间股市发生崩盘。崩盘唯一的导火索是我们要发布的消息。我们的分析师估计，刚刚以100脱手的股票5天后的买入价只有5。为了避免引起注意，我们把交易分散在不同行业，每个行业又分散到数十家公司。涉及行业众多，有能源、农业、食品、服装、水、垃圾处理、卫生、医药、殡葬、床上用品、武器，还有光学眼镜、听力设备等。好吧，就像您能预计到的，大部分经济行业将经历1929年大萧条以来最大的股灾，而150年来最严重的股灾的幕后主使居然是一家冰岛的初创企业，这家不起眼的公司属于13个不同国籍的工程师。我们当然知道这是一次金额巨大的内线交易，但我们打赌没有人敢指责我们，甚至5天后要被我们收入囊中的谷歌也不敢，这就是我们的目标。

而且，考虑到“旧市场”崩塌当天我们要动用的资金规模，我看，没有人能阻止我们。我把这些市场称为“旧市场”，是因为它们和更早的马车、煤炭一样过时了，就连石油也一样，这种能源现在只能依赖工业应用。

我独自在巨大的透明房子里，12位合伙人聚在公司那边，我们开了个视频会议启动“进攻”信号，会议时间很短。人生偶尔会有这种难得的紧张时刻，仿佛就连那个时刻的感受都很特别，超越了以往和日后的所有体会。单凭这个巅峰时刻，就能证明我们在地球上短暂地活过。我的朋友也处在各自的人生顶峰，我从每个人的脸上都能看出来，那种感觉隔着屏幕向我靠近。

想到埃尔法不会在我身边，和我共度这个特别的时刻，我就很难过，我本想和他一起分享的。两周前，他出发去监测火山，那座火山不在冰岛——我们这里有的是火山，而是在环太平洋火山带上，准确地说，是在印度尼西亚。他和我的联络已经简化为电子邮件，干巴巴的，只叙述事实，不添加感情。他告诉我，那座火山喷发的话，那就是人类的丧钟，从地球深处喷出的岩浆会把一切生物吞没，就像输急了眼的玩家发狂掀翻牌桌。

埃尔法从小就迷恋火山，对火山的专一让他顾不上其他兴趣爱好。他的国家冰岛的火山，自然是他的工作重点。在我的帮助下，他还创立了一家火山研究机构，并把它发展成世界上唯一能够依靠海量数据为火山活动建立精确模型的机构。

我们的独生子失踪了，这让我们备受打击。此后，埃尔法就马不停蹄从一个大陆奔向另一个大陆，监测几十座活火山，就像学校食堂的大师傅，同时照看几口热牛奶的锅。

从我们家往西看，可以看到一座休眠火山。根据埃尔法的算法，近期它会喷发，也就是四五十年内，炽热的岩浆可能会把死神地毯铺到我们家，裹挟整栋房子，坠下悬崖，在海水中冷却。它上一次喷发是在20世纪，喷发范围达到几十公里，之后，它渐渐苏醒，但并没有造成明显的悲剧。我决定建房子的时候，埃尔法的公司还没成立，公司精确预测出这次致命喷发是更往后的事。那时候，我们的预期寿命没那么长，我们活不到那一天。看着落地窗外的火山，我觉得它在用巨大的体形挑战我，组成它的灰黑色石块正在假寐。那时候我就想，死了的东西都想活过来，所有的活物终究难逃一死。正是这个想法推动了我这几十年的研究。

比起埃尔法在身边却和我保持距离，我更享受他不在的时间。深夜里，他偶尔离开我们的睡床，失眠牢牢控制了这个大块头的身体。最近几年，他放任腰围变粗，胡子和胸毛缠在一起，在昏暗的夏夜，他的脑袋就像冲破迷雾的维京船的船首。他把巨大的身子在床上立起来，披上睡衣，敞着前襟，腆着肚子，开始夜游，从一个房间走到另一个房间。有时，他会在黎明时分回到卧室，瘫在床上叹气。我们做爱的次数少得可怜，两人都躺在自己那一边，一言不发，喘着气，还要压抑喘气的声音，因为它在这种不正常的生活状态下显得很突兀。我总是问："埃尔法，你还好吗？"他深吸一口气回答："我很好，我的大美人。"随后，他起身喝两三瓶啤酒，让自己凉快些。当黎明的光线照亮他的一举一动，他会面朝大海，他会在沙发上坐好几个小时。从前，我们很有默契，什么都不说也能心意相通。我们朝着同一个方向并肩航行，那时见过我们的人都觉得没有什么事能把我俩分开。我们确实没有分开，然而连接我们的纽带因为我们的负罪感失去了弹性。他有他的负罪感，我有我的，但我们从来没有去面对，因为害怕我们的关系彻底破裂。通过查看他的定位记录这种有点儿低级的监视方法，我发现他好几次监测火山时鲁莽行事——靠近即将喷发的火山。其实他完全没有必要这么做，无论是为了科学还是满足好奇心。他像是故意涉险。我们做爱一向不多，我深信这种乐趣并非我们的关注点。老实说，直觉告诉我，我们的欲望不在对方体内，而是在没有交集的个人幻想中。我有办法了解他的一切，我可以轻易做到，但我一直禁止自己闯入他的内心深处。就连我们刚刚确定关系的时候，我们也没有经历过年轻伴侣的干柴烈火。有人说这是精神上的交融，我不这么认为，我们只是能让彼此安心。我管他叫“冰岛大笨熊”，他管我叫“法国小老鼠”。很长一段时间，我们用不太标准的英语交流，因为我不会说冰岛语，他也不会说法语。后来我们决定学习对方的语言。他的法语发音一直有问题，不过随着时间的推移，他用词越来越准确。我们原本可以不学习对方的语言，通过迷你发射接收器，高科技为我们提供了同声传译，不过我一向拒绝这种便利，就像我的曾祖父拒绝让电视机进他的家门。

我怕他回来，怕我俩之间的隔阂越来越深，怕他越来越冷漠。他说话的时候总是带着嘲讽和距离感。他母亲在他小的时候消失得无影无踪，父亲因此变得沉默寡言，他对这样的父母并不陌生。他经常显露出一副惊讶的表情，这是因为家族悲剧在重演。

第二天上午，两位警察到我家来拜访。我从他们脸上看到天要塌下来的样子。他俩我都认识，虽然不太熟，但我还是能看出他们的不安。警衔高的男士四十来岁，因为喝酒，脸比较显老。从淡蓝的眼睛和杂乱的眼角纹流露出的挫败感和漂亮的金发很不协调。他的副手是一位女士，褐色头发，细长鼻子，绿宝石色的眼睛，因为个子矮小，她一直昂着头，一副无礼、猜忌的表情，其实她不是这样的人。我以前在他们身上看到的镇定自若不见了，代之以恐惧。他们像机器人一样走进来，眼神空洞。我请他们坐下。那个男警官迟疑了一下，像是害怕弄脏白沙发，或者他觉得必须站着和我说话。我由此推测他们的拜访十分正式，我立刻想到他们是来向我宣布一个等待已久的消息。我抢先一步，直截了当问他们：

“我儿子的尸体找到了，是吗？”

他还没回答我就看出来了，这和他的来意相差甚远。他缓慢地摇摇头，叹着气，他的副手盯着自己的脚尖，不敢抬头看远处重新开始激荡的大海，大海毫无意义地翻腾，他俩都巴不得画面就此停住。谁也不说话。

我一度以为他们要哭了。这时，开始下雪了。秋季的第一场雪。雪花像枯叶漫无目的地落下，没有人有心情谈论它。我决定打破短暂的沉默。

“告诉我是什么事儿！”

男警官端详我的脸，好像觉得有什么东西不对劲，然后拉了一下衬衫。

“夫人，我很苦恼要对您说这些，但有证人看到您把一个女人推下了古佛斯瀑布。”

给不知道古佛斯瀑布的人解释一下：那是一个可以和巴西、阿根廷、巴拉圭三国交界处的伊瓜苏瀑布，或者尼亚加拉瀑布相媲美的地方。三处瀑布我都去过，古佛斯瀑布最能体现大自然的威力。巨大的水流静静汇聚到瀑布口，突然受到来自地球深处的引力，沸腾起来，然后急速坠落，汇入河流，平静下来。

男警官低声问：

“您承认这件事吗？”

他的脸部表情缓和下来，如释重负。

“您说有人看见我推倒一个女人，看见的人是谁？”

男警官揉了揉眼睛。

“一对夫妇，都是鸟类学家。”

“他们在那儿干什么？”

“他们负责把丘鹬重新放归泥炭沼泽地区。”

他的同事找到了插话的机会：

“以前冰岛有很多丘鹬，现在绝迹了。这两位鸟类学家通过其中一只的DNA复活了成百上千只丘鹬。他们去放归丘鹬，用照相机观察它们，了解它们保留了哪些本能。这时，您的车进入了他们的视野。他们看见您停车。您下了车，一位女性从副驾驶一侧下了车。她和您体型差不多。他们看见你们像朋友一样一起走到瀑布边。他们说，你们的对话看上去很平静，而且您轻轻推她的时候，她好像没有任何挣扎。用他们的话说，她自己倒了下去。”

“她自己倒了下去还是我把她推倒了？”

“两位证人很肯定，是您推了她，不过推的动作很轻，而且她完全没有努力站稳。”

“就像她同意似的？”

“是的，反正她没有挣扎。”

“就像跳崖是我们事先说好的？”

“看上去确实很像。您有什么需要说明的吗？”

我站起来，将额头紧贴在落地窗上。然后，我一下转过身来，面对他们，缓缓地说：

“我觉得你们二位还没有准备好听我要告诉你们的事情。不过这5天，我什么都不能对你们说。你们为什么不5天之后再来找我？”

两名警察用眼神商量了一下，眉毛挑得老高。

“我们有足够的证据逮捕您，为什么还要等5天？”男警官语气中带着歉意。

“因为我只是接受这个女人的请求，协助她去死。帮一个人完成死的心愿，这是安乐死，不是谋杀。”

“这个女人被医学判定无药可救了吗？”年轻的女警员猛地站起来，像是要驱走脑中的恶念。

“从某种意义上说……我只想请你们给我5天时间，之后你们会得到你们想要的所有解释。其实，我知道那对鸟类学家夫妇在看我。我知道他们会在那个时候出现在那里，因为我需要证人。”

“您怎么知道的？”

“我很早就让人们注意必须增加那个地区的丘鹬数量，那里曾经专属于丘鹬。50多年前，在泥炭沼泽地区走几步就会踢到一只丘鹬，后来气候发生了变化。不瞒你们说，我投了很多钱给研究利用遗传基因复活丘鹬的项目，我还改良了它们的遗传基因以适应新的环境。你们的证人的研究工作就是我资助的。如果你们愿意耐心地等一等，5天后，你们就什么都知道了。在这期间，我不认为我会对社会上的其他人造成威胁，除非你们不这么认为。”

男警官也站了起来，这意味着我们的谈话即将结束。

“您也许可以告诉我失踪者的身份。我们还没有找到她的遗体，它可能被冲到下游很远的地方去了。我们至少还需要几天时间才能找到。”

“这正是我请求您宽限我的时间。我非常愿意告诉您她的身份，如果您保证下周一之前不再问我任何问题。下周一，我会完全听从您和司法机关的安排。”

那位男警官同意了，继续看着我。

“受害者叫卡珊德拉[①]·朗默尔多提尔。”

两名警察对视了一下。我从来没在任何人眼中读到这样的恐惧，现在从这两个人眼中读到了，他们脸色煞白。可能就算碰到恶魔的真身，他们也不会如此慌乱和恐惧，因为历史发展到现在这个阶段，他们两人都没有处理过刑事案件。这个地区的居民和世界其他地方的人一样还有杀人的冲动，但是这种冲动极少变成罪行，至少最近20年是这样的，不过它经常会变成自杀。无论他们绝望的深层原因是什么，这个地方的人只会对自己下手。这里的自杀率和整个斯堪的纳维亚地区差不多，比格陵兰岛的主要城市努克的青少年自杀率低一些。一些研究认为，自杀是因为人们普遍失去了对生存的追求。但更重要的原因是内心的苦闷，就像没有什么东西可以

① 与古希腊神话中有预言能力的特洛伊公主卡珊德拉（Cassandra，又译卡桑德拉、卡珊卓）同名。

让这些青少年的苦闷得到排遣。一些研究显示，年轻人没有工作，每天靠虚幻度日，这些事再也不能激发他们的想象力，不但不能让他们出门旅行，还让他们更加封闭，陷入自我怀疑，怀疑自己和周围广阔的大自然比起来毫无价值。

说出我自己的名字之后，我等着两位警察继续提问，不过他们貌似不想再提了。他们放弃了，这种情况超出了他们的理解力。幸好他们有5天时间重新评估案件。对他们来说，这是第一次碰到凶杀案，然而发现凶案之后，凶案变成了安乐死。案件本可以就此平息，可嫌疑犯又说自己既是嫌疑犯又是受害者。离开这栋房子，这栋奇特的透明建筑，他们可能想找回支撑人生，也是支撑他们负责的宁静社区的理性。他们并不了解我和我的公司“无尽”，他们和这里的其他居民一样，从一开始就把“无尽”当成明星企业，既现代又神秘，以大量消耗可再生能源出名。从他们最后的眼神里，我看得出，就算他们还没对我做出评判，他们也已经把我归入他们不想正视的世界。

“不要让想象占据你们的大脑，不要现在就急着搞清楚。偏执不是好帮手，它会故意扭曲观察对象的真实情况，变本加厉。不要这样，你们只需要告诉自己下周一一切都会清晰明了。”

他们走出家门，准备上车的时候，我跟他们说了这番话。

我的黄色牧羊犬趁房门打开之际，以它特有的灵活步伐，轻快地跑进了屋。它在门厅临海的落地窗前坐下来，开始颤抖，有什么东西让它感到不舒服。

它看了我一眼，站起来，靠过来，闻了闻我的气味，同时保持距离，喘了一口气，然后离开我，在家里其他房间转来转去。

我想起当初计划建这栋房子的时候跟冰岛建筑师讨论的情景。我跟他解释我想要一堆玻璃方块，看上去极不稳定地堆在一起，让人觉得房子随时都会坠入大海。当时，我的第一家公司帮我挣了很多钱，公司的业务很特别。

我在20岁刚出头的时候就发现，人与人的浪漫结合常常建立在不完善，或者说不准确的基础上，这也是他们日后关系破裂的原因。一个人希望展示出来的形象会影响他在别人面前的表现，有时是因为他特别了解自己，想尽量展示出自己最好的一面；有时仅仅是因为他不太了解自己。这种不了解在工业社会得到强化。迷失了自我，个体更容易抱住幻想不放。

我把自己的第一家公司命名为“透明”。当一个人遇到潜在的未来伴侣时，它可以为他或者她提供一大堆关于未来伴侣的信息，从精神状态到基因图谱再到性生活。用各式各样的曲线、图表、社会和心理变化预测呈现调查对象，还提供双方匹配度的详细评估。91%的客户会接受我们的建议，发展或者放弃一段关系。通过20多年的观察，按照我们的建议结成的伴侣，95%都婚姻稳定，和21世纪20年代初城镇地区三分之二的离婚率比起来，我们的成绩很不错。人们很快就懂了，感情挫折这种会导致诸多不当行为的错误游戏是完全可以避免的。足不出户，就可以和身体上、精神上、观念上最适合你并且和你有共同的兴趣爱好的人建立联系。不会再被抛弃，不会再失望，在这个星球上一定有一个男人或女人能和你结成完美的一对，也不会有意想不到的糟糕体验。

“透明”诞生于数字革命运动，这场革命就是要搜集海量的个人信息，对个体无所不知。知识累加必然会缩小不确定的范围，增大确定性，降低威胁个体或只是徒增烦恼的各种风险。

从21世纪20年代开始，生产、搜集、处理数据成了整个社会的最大执念，后来每个人也从中受益。个体通过发送数据创造价值，因为无论是原始数据还是精准数据都可以被利用和转卖。将这些价值部分返还相关人员的做法彻底改变了经济关系，即使有人会反驳说，数据公司和数据提供者之间的利益分配不平衡。这种分配是根据市场规则进行的，规则虽不完美，但当时只有这条规则获得了比较多的共识。数据提供者很快就意识到接受永久调查打开了一片自我认知的天地，在各个层面，特别是医疗领域。摄入任何一种食物都会产生与个人新陈代谢有关的信息，一爬楼梯就会自动监测血压变化、肺泡的打开程度或者肝脏的糖转化率。个人穿戴设备就像汽车上的仪表盘，会发出很多警示信息，超过一定时长的性行为会导致心血管疾病发病率增加两倍，某些体位对身体机能的要求更高，会进一步提高发病率。

调查并不仅限于生理现象。个体的精神状态也会被密切跟踪和探查，就连对工作或者身边人的细微反应也不放过。最后，每天监测食物、呼吸的空气质量、抗压能力、感情波折、性生活不和谐与身体状况的相互作用也成为可能。基于这些信息，可以算出你的预期寿命，以数字的形式呈现在显示屏上。这是众多关于你的基因、日常行为的信息与各类意外事故发生的概率综合出来的结果。每天使用电锯、每晚喝得酩酊大醉都会使你的寿命数值显著下降，还会导致保险费率升高。有一件事可以肯定，引领了数代人的随机现象已经没有了参考价值。

互联网巨头根据个体的连接程度进行打分。10分是给那种完全放弃隐私、愿意公开生命中的每一秒的人。他们接受芯片、探头、电极、针孔摄像头，让这些设备记录他们每一个念头、每一次眨眼、每一个动作，以便转化成有用的信息。大量的公共监控设备也在搜集信息，例如在所有公共场所安装的视频监控，摄像头可以随时鉴别个人的身份信息。一片植入皮下的芯片可以存储个人的所有重要信息——身份、社保号码、商业保险、病史和案底。从理论上讲，只有特定的权力机构可以接触到这些信息，不过信息透明的呼声越来越高，信息专用的概念也逐渐瓦解。

自愿接受永久调查者可以获得报酬，还可以享受很多好处。与疾病预防相关的好处自不必说，长期开放个人信息还可以获得保险费折扣。完全透明的人可以享受宽绰的最低收入。当然，这与开支减少有关。这还不包括越来越多看似免费的服务，因为人们再也不愿意为任何东西直接付钱。为了获得所谓的免费，他们准备好了牺牲一切。自愿接受普通监控之外的特别测试，例如接受消费品、健康品测试的人还可以获得其他资源。一种新的食品是否会影响实验者的肠道消化？一种新药是否能治疗某种症状？这类实验使医药市场跟随食品市场同步增长，所有人都能从中获利。除了意识形态方面的理由，还有什么理由觉得这种体系有问题？

“透明”的创立基于一个理念——任何人都无法逃避自己的身份，同时也应该具备全面了解和自己对话的人的能力，无论这个人是因为感情还是工作和自己展开对话的。很快，我们就受邀为招聘活动提供咨询服务。

“是什么”和“有什么”的混淆导致我们经常碰到一些拥有的越来越多却变得越来越渺小的个体，这也增加了我们的工作难度。因为个性被磨平了，我们很难透过一个人拥有的东西了解他是什么样的人。“存在、拥有、无所事事”，成为数字革命的三大要素，轻松取代了著名的“工作、家庭、国家”或者“自由、平等、博爱”。这倒合乎社会发展的逻辑，机械化和后来的自动化，其目标都是废除劳动。设计者和投资者继续在封闭的经济空间中创造新的收入来源，拆东墙补西墙，把“零和游戏”[①]当作增长。他们代表了一个特殊阶层——精英阶层，这群人比以往的精英阶层更富有，完全不同于挤在狭窄空间、变得越来越冲动的乌合之众。

认识他人是浪费时间，并与焦虑的零风险社会背道而驰，我们或多或少都希望看到这样的社会。虽然从整体来看，就业市场在萎缩，匹配个体供给与需求的新技能却极大地促进了就业。

数字革命初期，行业先驱就发现人们越来越渴望成名，渴望被关注，渴望表达自己的观点，把个人观点抬高到对集体不可或缺的地位，这就是在大众互联社会里生存的方式。这一现实导致文明的暴露癖，为个体走向彻底透明创造了有利条件。因为私生活和内心世界逐渐消失，社会交往变得流畅起来，持续的沟通和开诚布公逐步取代欺骗和隐瞒。

“‘现在’是由您发布的关于自己的海量数据组成的，而我们是唯一有能力统筹它、处理它并且在有效的

① 零和游戏，又称零和博弈，指在严格竞争下，参与博弈的一方获得收益必然意味着另一方遭受损失，博弈各方的收益和损失相加起来永远为“零”。

配置中集合它的人。把您的‘现在’交给我们，我们还您未来的形状！”这是“透明”的商业广告。数字社会产生了海量唾手可得的信息，对个体而言，信息过于丰富，个人在处理这些信息时无法施展批判精神，于是出现信息失真，而这正是像我们这类公司的力量之源。

我们从来没想过把这家公司变成思维工具，特别是批判思维的工具。连接和生产数据的永久指令抵消了批判思维，这是消费指令，因此要用有限的资源无限生产，当我们再也生产不出实物，我们就转向虚拟。然而，对我们的生态环境来说，为时已晚。

遇到埃尔法纯属偶然，“偶然”在今天也许会被视为疯狂。

以我当时情感和肉体上孤独到绝望的状态，我很有可能会使用“透明”的方式，不过我给了自己一点儿时间，让运气这种过时的概念给我安排一场相遇。我承认这是非常“老派”的态度，跟开一部上世纪的车差不多。

这个大块头第一次出现在我面前，是在雷克雅未克最好的餐厅。我当时正在独自用晚餐，他从外面的大雪天里走进来，像熟客一样坐到吧台旁边。我感到他在吧台凳上落座前，用眼睛快速扫视四周，而且在看我这边的时候放慢了速度，不过并没有停下来。他对我视而不见，埋头看菜单，和漂亮的女服务员交谈。他对她的美貌似乎不感兴趣，因为他的目光完全没有跟随她的一举一动。他再也没转过身来，而是掏出一本书，封面已经破损的老式口袋书。当时我不会冰岛语，不知道书名是什么。后来，我知道了，书的作者是德国的塞巴尔德，本世纪初因车祸去世。这本书是《奥斯特利茨》，书名很有欺骗性，它和拿破仑打过的那些仗完全无关，和枭雄在摩拉维亚南部平原取得的大捷更没有关系。这本书讲述了一个人追寻过去生活的足迹，主人公名叫雅克·奥斯特利茨，4岁时险些进了集中营，在最后一刻被母亲救出。

我对着他宽厚的肩膀幻想。他的脸悄然浮现，五官端正，冻红的脸映衬着蓝色的眼睛。吃完饭，我站起来，慢慢向外走，经过他身边的时候，我放慢了脚步，希望他能转身。他没有这样做，只是把酒杯举到嘴边，喝了一口啤酒，继续读书，沉浸在奥斯特利茨的阳光中。后来，我每晚都去那家餐厅，希望能再见到他。那个星期，我住在附近的一间饭店，为我的公司选址。鉴于项目的规模和投入的资金，我必须准确评估地震和火山的威胁。正当我因为再也没有见到那个男人，那个我在自己最喜欢的餐厅爱上的男人而绝望时，他在某天上午出现了，出现在公司选址的自然灾害风险评估会上。会议在冰岛地震局进行，埃尔法是这家公立机构三位核心科学家中的一员。地震局的办公楼面朝雷亚克雅克港口，我记得那是一个晴朗宁静的早晨。可能北边吹来的弱冷风保持高压，这种弱冷高压我只在加利福尼亚经历过，当时我在谷歌工作。这种无与伦比的幸福感，我在硅谷体验过几次，虽然那里的空气质量已经急剧恶化。

我要选两块地，一块非常大，用来建我的公司，并且让员工在那里生活；另一块用来建我的家。我提了一个要求，希望我的家建在曾祖父墓地的上方。

埃尔法看我的时候就像以前从来没见过我。他的同事花了很长时间跟他介绍我的关注点。一番思考后，他用凝重深沉的声音宣布，根据他目前掌握的情况，这个地方短时间内受到威胁的可能性几乎为零。他说，20多年前，为了应对气候变化，一家跨国酒业集团曾经考虑在那里种葡萄，后来还是放弃了那片黑得令人绝望的土地。说罢，他打了个哈欠并为此道歉。我期待一个眼神，一个愿意在工作场合外见我的暗示，然而他两眼放空，这是他回到沉思状态的信号。

之后，我每天晚上都去我最喜欢的那家餐厅，一个人坐在桌边，几乎每晚都说服自己要忘掉和他见面燃起的希望，看来我并不属于他感兴趣或者有欲望的女人类型。对我来说，要搞清楚我为什么喜欢他并非难事。我只要让“透明”分析他的数据，快速建模，就能弄清楚我们为什么不能相互吸引。不过，也许只是因为他已有别人，结了婚，有孩子。我很想搜集、处理、分析与他有关的数据，我的公司为几百万人做过这样的分析，但我不喜欢这种方式。如果我们能成，我希望这段关系以旧时的方式开始，对浪漫主义的追求从来没有因为我深度介入数字行业而熄灭。在梦里，我把他想象成斯堪的纳维亚半岛的王子或者维京人。现在人们已经证实维京人来自格陵兰岛，是他们最早发现了北美洲，后来被北美土著赶了回来。我不想获得任何关于他的确切消息，一切随缘。我从他的背影、他那令人安心的宽厚身躯、他的眼、他潮红的脸、他盖住嘴唇就像禁止他说谎的胡须中构想出他整个人，幻想出来的这个男人滋养了我对他的感情，让它与日俱增。我越在梦里想象这个人，就越爱他，这种类似于青春期的爱情让我想起自己情窦初开的年纪。那时，爱情和恋爱关系的发展占据了女人的每一根心弦。把倾慕的对象浪漫地升华，我欣然接受并因此感到幸福，不过我很想知道我的胡思乱想能否融进现实。突然，某个晚上，他走进了餐厅，手里拿着同一个作家的另一本书。入座时，他快速扫视四周，确定周围环境是否安全，我们走进陌生人聚集的场所时也会这样做。

和我目光交错时，埃尔法停止扫视餐厅，朝我尴尬地笑了笑，那是准备享受自己应得的清静时光的人努力装出来的笑。他走向我的餐桌，凭借两米的身高，从高处向我致意，上前和我握手。我请他坐下，他迟疑片刻，照做了。他盯着我看了一小会儿。然后，他的眼神就一直在逃避我，像是知道了我的图谋，想找个脱身之计。我当然选了“火山”这个话题开启交流模式，如果这不是他最喜欢的话题，也应该是他感兴趣的话题。

火山确实是他的爱好，唯一的爱好。这个爱好填满了他的生活，以至于到目前为止还没有给家庭生活留下任何空间。这个爱好超出了科学范畴，浇灌出他的艺术品味。他拍摄火山喷发，描绘火山喷发，乐于重现火山喷发时的奇妙色彩。在他看来，地球上一次大规模物种灭绝是因为祸从天降，6000多万年前行星撞击地球，撞击点在现在的墨西哥湾附近，而下一次生物灭绝的世界末日很可能发生于我们脚下，在冰岛或者在亚洲那边。他向我仔细描述了人类面临的漫长的灭亡过程。如果其中一座大型火山喷发，浓烟将逐渐侵占大气，形成越来越厚的烟雾屏障，最终遮蔽太阳，将我们置于黑暗和寒冷中，长达数十年。大气中的硫化物增多，生命所需的氧气不足，一些生命就算没有窒息死亡，也会依次灭绝，因为植物凋敝枯萎，无法为它们提供养料。据他推测，源于地球深处的灾难和火山喷出火球是极有可能出现的场景。它将终止6500万年来的物种进化，进化中偶然出现了自我发展的意识，不过最近几十年这种意识以惊人的热情推动了自身灭亡。生命可能会再度出现，在遥远的未来以一种新的意识形态出现。

他显得很迷人，看着他脆弱天真的脸上那双迷人的眼睛，离得很近也很蓝的圆眼睛，推测不出他是个健谈的人。不过聊到他喜欢的话题，他会健谈一些。我尽量让他说话，一杯接一杯的啤酒使他口若悬河。时间不早了，我们决定一起吃晚饭。我含糊地说了一下自己的计划，只介绍了大致方向，研发最先进的数据处理形式。很快，我就向他夸口，他的学科研究可能可以从中获益，因为储存所有记录在案的火山的信息并即时处理这些信息会极大地拓宽他的信息来源。我还引诱他说，我的公司可以资助他进行这项研究。他表示很感谢，但这不会使他下定决心和我进一步交往。我有自知之明，能相对客观地评估我对男人的吸引力。仅凭外表我很难吸引埃尔法，像他这样独来独往的男人需要更多的理由才会为女人腾出时间。她必须独立自主，没有什么侵略性，会给他留出思考，甚至异想天开的巨大空间。这个女人要掌控得住他，能提出和他水准相当的讨论话题，还要尊重他的沉默。他的沉默期和心情有关，而他的心情又与焦虑有关。

我发现他的焦虑源于他形而上学的反思和对死亡的觉悟，他认为死亡是对过去一切的否定，因此他时而表现得极其谦卑，时而又因为觉悟太高而大放厥词。埃尔法认为人类是完完全全的社会动物，深受外部条件影响，同时又被爬行动物本能所困扰，极易产生奴性，时常混淆个人主义和自由。我们的第一次深谈涉及人类被压抑的暴力倾向，这也是群体暴力间歇发生的原因。他对此的解释是，人类难以在几百立方厘米的大脑中装下四周的无限空间。除非把无限取名为上帝，这个概念可以缩到足够小，装进大脑。人类无力把自己的思想提升到揭开宇宙奥秘的高度，相反，他们在竭力缩小思考的范围。

我从事数字分析行业，这起初让他感到很尴尬。他对这个行业有一种特别的判断方法，认为数字时代造就了两类人：一类读各种各样的书，不过他们已经不读了；另一类只读一种书，别的书都不读，彻底关上了本已狭隘的思维空间。他们因为无知和缺乏批判思维这两个共同点聚在了一起。

当我跟他回顾我的职业经历时，他一脸狐疑地看着我，仿佛听到我宣布自己得了某种传染病。他鄙视透明的社会、监视的社会，它的暴露癖、偷窥癖，个体表现出的幼稚的兴奋，其实他们已经变成数据发送器，对外输出可供商业利用的数据和因为信息过度而品质下降的观点。为了留住他，我只得向他透露一些我的计划，然后我们放下了这个话题。现在不是下结论的时候，我们现在只需要搞清楚是否准备好超越我们的差异，发展这段关系，当然也不要忘了安德烈·纪德关于伴侣的论述——起初的摩擦最后会变成痛彻心扉的伤痕。

我谦虚地认为，他在我身上找到了他缺少的力量，征服的信念，与之相对的是充满怀疑的后退，这更接近他的性格。不过我想，他从来没考虑过我以前是什么样的人，会变成什么样的人，以及我俩要为此付出的代价。25年后，当我回想起第一个夜晚，我深信，如果我们没有谈起杰克逊·波洛克，我们将永远不会再见面。他把画家的作品和几百万年前陨灭的星延续至今的光芒做了精彩的比较。在他的作品前，我们产生了相同的感受，我真的觉得是这种感受让我们走到了一起。我们聊了很久后世终结这个话题，当时很多人都在谈论。大自然受到的威胁也会影响艺术这种人类最高形式的表达。爱德华·霍普说，艺术不过是人类经验对大自然的蒸馏提纯。波洛克回应说："我就是大自然。"

艺术和科学都不能对抗破坏和贪婪，人人对此心知肚明。人类险些在20世纪的世界大战中灭绝。1914年到1945年，被现代武器冲昏头脑的人类两次冲入全面战争，社会如同屠宰场，他们展开大屠杀大灭绝。人类侥幸逃脱不过是因为纳粹没有率先造出原子弹。在试探心意的最终环节，我们谈到了文学。我父亲当年是受人尊敬的作家，不过现在没人读他的书了，这番话并没有浇灭他的好奇心。他诚恳地说希望读到我父亲的作品，不过我建议他不要读，因为从法语到冰岛语的自动翻译会让作品失色。在这个酒意沉沉的夜晚，我发现他的文学偏好可以总结成“对荒诞的讽刺”。这个说法，以前听父亲提起过。他说，卡夫卡和贝克特这两位作家让他放弃了投身文学的想法。

最后，我们在我的酒店房间里度过了这个晚上，醉醺醺的，就像两个害羞的人准备赤诚相见。他那副令人惊叹的巨大身躯表现得十分灵活，轻柔到让我很快就觉得离不开他了。他的腹部往前移动，很有征服力，很快就让我变得兴奋异常。我说“异常”是因为只要抚摸他的腹部就能让我达到“孤独的高潮”，这样说显得不那么自私。

我们近乎无所不知。个体佩戴着唯一的终端，只知道四处搜刮信息碎片，不再依靠自己的力量搜集信息。他再也不知道如何在历史和空间中找到自己的位置，如果没有GPS导航，无论白天黑夜，他都找不到方向。没有人教他如何依靠太阳和星星确定自己的位置。在学校，人们教他依靠自己的力量综合少得可怜的知识，以免让他感到烦闷。烦闷，这个可怕的对手，为了和它搏斗，个体把身心都托付给了终端。终端用实时信息、视频、评论、现实的虚拟再现、和写实的虚构作品为他提供无穷无尽的娱乐。最后，他远离了所有精巧的文化和智力形成的过程，既然无所不知是可能的，他摆脱了思考世界的负担，可他却推说思考世界的手段太少。不幸的是，由于缺乏结构紧密的知识体系，个体变得无所不知又一无所知，还认为自己的观点是对的。知识的普及，加上个体没有能力建立客观的思维方式，这就强化了这种错觉。从此，真相不能独立存在。

两名警察走后，我独自待在被劲风吹打的房子里，这才反应过来，往后每一天，时间都会变长。再也不用吃饭、睡觉，这意味着可支配时间将会翻倍。我要用这些时间来写作，虽然现在没几个人看书。

书写的历史持续了大约6000年，不动脑筋、没有烦恼的实用主义为这段历史画上了终止符。书写一直存在，但它不过是把话语——某些情况下甚至是思想实时誊写出来。人类得了狂躁症，这种慢性病可以解释很大一部分的技术进步。于是我们尽量什么都不写。首先，写字比说话更花时间；其次，这需要人们具备基本的拼写技能。早在二十世纪末，这种能力就已经人间蒸发，以至于大多数人现在完全按照语音书写。比起认真学习书写规则，我们更想走捷径，用最省力、最不需要耐心的方式，也就是说，用技术来解决问题。从此，书写过时了。无论是短信还是邮件，人们可以直接把说的话转换成文字。在另一端，人们也无须费力阅读，听一听写下来的这些东西就可以了。

然而，书写并没有消失，它成了离群索居的精英人士的专属嗜好，他们精心培养这种过时的喜好，引人羡慕。再后来，继续遵循减轻个体负担这一逻辑，口头表达让位给了人机思想传输。把想法变成语言需要一番努力，大多数人宁可放弃；而把人和机器连接起来，就可以直接把脑中的想法变成文字。今天，我们已经开始尝试让想法和想法直接交流，无须口头和书面的介入。不过，我们还不会有区别地管理好的想法和坏的想法，因此这项技术的推进变得更复杂了。

小时候，每晚临睡前，父亲都会给我念《列那狐的故事》。一天，他告诉我，把故事称为小说是中世纪的事。当时一些作家开始用普通的语言，即民众的语言——罗曼语来写作。精英阶层使用拉丁语，也就是神职人员的语言作为书面语。在很长一段时间里，人们写拉丁语，但几乎不说拉丁语。近来，媒体发现人们重新对小说产生了兴趣。看来，一部分人，当然是极少数的人，厌倦了宣发机构及其平台呈现给他们的各类虚构作品。这些电影、电视剧都是根据观众喜好制作的，精确掌握了观众期待，还兼顾了科学性和商业性。这样一来，不确定性被再次排除。我们再也不会对一款游戏、一部电视剧失望。因此，一些人又开始看充满偶然性的小说，它不是按照受众期待写的。这样的小说很多都令人失望，这就是风险，它们的主题和读者的兴趣南辕北辙。不过有的作品奇迹般地复活了小说，把小说变成了艺术品，因为它使两个素不相识的人产生了亲近感。越来越多的男男女女希望通过随意的阅读，体验这种神奇的魔法——一个陌生人用混乱却富有诗意的字句表达出了读者的感受，而读者自己从来没能表达出来。

一大早，我就到办公室等我的合伙人。我的狗认不出我，但所有的系统都能认出我来。我通过所有门禁，来到核心区，没有遇到任何阻碍。办公楼呈星形分布，用可循环材料建成，碳排放量被降到最低。为此，我们从法国进口了木材。我在法国有一些种植园，还进口了废旧金属，大多来自被先进武器淘汰的旧式军械，它们散落在欧洲各地的垃圾场。

我特别重视安防设施，防止任何人从外部或者内部监视我们。如果没有受到邀请，任何人都无法连接到我们的内部网络。唯一需要担心的无疑就是人为错误——背叛。某个合伙人可能为了一大笔钱，去帮谷歌这样的竞争对手。不过，随着时间的推移，变节的后果显而易见，他会被项目除名，而且难逃一死。他的死，我要说清楚，我们没有直接责任。这个旗舰项目的合伙人都自愿接受事无巨细的监视，形式是长期和“透明”保持连接，并由它处理自己发出的数据。这样一来，我们就可以迅速掌握他的情绪变化和阴暗消极的想法。

我唯一担心的是自杀冲动，倒不是冲动本身，而是这说明此人已经失去自保本能，我们对他失去了控制，他在自我了断之前也许会将一切昭告天下。我们公司的协议规定，一旦发现这种倾向，相关人员将自愿接受精神治疗，但这样的情况还没有出现过。公司的发展前景战胜了与世隔绝带来的不便和大雪纷飞、昏黑漫长的冬季，虽然这样的冬季越来越少。我也担心竞争对手和那些被我们公司密不透风的防守激怒的情报机构绑架我们当中的一员。我们想尽办法，以免引起他们的关注。对外的官方说法是，这个办公区只运行“透明”项目，没有其他值得他们注意的东西。不过我知道，如果他们对我们公司特别感兴趣，就不可能一直不满足他们的好奇心。

此外，我也加入了美国情报机构和数字行业的企业私下签订的信息共享协议。美国情报机构先确定了目标人群，军人、警察、政客、黑手党、大企业家、恐怖嫌疑分子等，我们要为它提供这些人的所有信息。我们还要提供合成数据，不是关于个体，而是个体组成的大众，也就是舆情动向。民主跨入新阶段之后，这类分析变得尤其重要。美国公民和欧洲公民在他们的终端上表达所有观点，他们可以一直用这个设备对各类议题投票。这就造成了人民掌权的假象，要知道，操纵民意的手段比教育大众、培育大众的手段多得多。每个人都觉得自己直接参与了每一项与自己的城市和国家的命运相关的决定。多数人投票支持的情况越来越多，与此同时，媒体、政治机关和情报机构相互勾结，放大影响选票的信息的作用。

人类历史上从来没有暴力死亡事件如此罕见的时期。不过，炒作其中几桩暴力事件就足以让人觉得暴力是普遍规律，绝非偶然现象。这能加强对个体的控制，推行犯罪预防计划，阻止有暴力倾向的人付诸行动。这些人是根据经济生活水平鉴别出来的，糟糕的经济状况会导致犯罪的风险上升，或者本身就有精神问题的人，受到政治宗教方面的刺激后会违反规则。就这样，一些国家全体国民被列为特别监控对象，以便预测个体从守法转向违法的时刻。这些人不仅要接受植入皮下的芯片，还要保证维持一定程度的连接，其中就包括对居住地和电话的监听。用我们的算法对他们的对话和行为进行分析，就可以甄别他们付诸风险的行动。

曾经有一桩著名的诉讼成为新闻热点。一个患有严重心理疾病而且经济状况不佳的人起诉监视系统。这个人认为公司罪责深重，因为它没能发现他马上要实施暴行，导致他身边6个人遇害。

鉴于个人的数据连接点和数据的产量同步增长，个人受到了更大强度的监控，他们因此获得了一定的报酬，足以让他们跨过贫困线。所以大多数网民投票支持加强监控的法律，认为这种监视很公平。有识之士义愤填膺，还进行了一场注定失败的抗争。

数字革命削弱了独裁统治，却孵化出一堆威权民主，它们都是被没有意识到自己被操纵的网民选出来的。经济界的寡头巧妙地让人们执行命令——他们的命令，然后从中获利。他们在民选代表中安插毫无争议的代理人。永恒权力的拙劣模仿者和受制于自身继任程序的渎职官吏联手制造了政治稳定，一边恢复旧制，一边稳定由奸商和贪婪的情报官员组成的统治阶层，免去他们的道德约束。

21世纪30年代，谷歌和其他数字行业巨头变成了“横向”国家，到哪儿都不用缴税，只需要遵守自己的法律。他们将注册地设在自治领土上，获取治外法权。这些特殊国家的首脑可以遥控其他国家，也可以通过资金援助帮助别的国家，还可以提供一些个体的重要信息，帮助某些国家控制人口。这项工作随着人口激增和移民潮变得越来越复杂。移民潮主要发生在欧洲，这个大陆是非洲的大门。赤贫状态下的非洲至少需要30年才能从几个世纪的殖民、新殖民和腐败中恢复过来。

和几次工业革命相比，数字革命的特点是永无止境。因为除了新技术，数字革命的目标是创造高能的新人类。它曾造成严重的失业，在某些地方近三分之一的人失了业。但通过奖励人们提供数据，它建立了一种无条件的基本收入，很多国家因此对网络巨头产生了一种强烈的依赖感。

不过，普通人和评论人士都没有抓住这场革命的转折点，那就是作为巨变的推动者，个体想彻底杀死上帝。本世纪初，宗教强势回归，手段极其残暴，人们只须回想一下打着伊斯兰旗号的极端分子是怎样搭建叛乱温床，对抗我们倡导的世界模式的。老掉牙的21世纪的意识形态跟着柏林墙倒塌吧！扔掉平均分配资源的美好理想，资源已经急剧集中到行业巨头和抢夺资源财富的黑社会手里！

贪婪自大的人类耗尽地球资源之后，人类灭绝的趋势愈发明显。这时，其他形式的暴力纷纷出现。虽然男性不育问题日益严重，但世界人口依然稳步增长，政客也在推动这一趋势，他们看着民众壮大，露出心满意足的表情。穷国把儿童数量当作仅有的财富，富国从儿童数量增长中看到了保障，会有人为寿命越来越长的老人提供退休金。富起来的穷人选择西方中产阶级的生活理想，不断扩大消费，直至把地球资源在这场“开采—转化—积累—浪费”的竞赛中耗尽。蝼蚁盘踞在这个周长4万公里的小星球上，被告知只有竭力开发有限的资源才能得到幸福。

自由意志论者[1]强化了这种偏执，他们坚信，和伟大的自然平衡相比，个体及其永不满足的需求是至高无上的。他们认为这场灾难还得靠崛起的新型市场化解，这也是永世富足的新机遇。最后，文明变成了爬行动物思维的病态化身，强势阶层把普罗大众推向毁灭的太平间，引起了一些人的猛烈反抗。他们组织起来，制造了几起针对举世闻名的捕食者的暗杀行动。21世纪20年代以后出生的孩子经历了后世研究提出的“前景崩塌”，他们那代人和数字革命时期出生的几代人一样，都缺乏教养，而且他们还经历过认知动荡，思维混乱，有时愚笨不堪，导致非理智暴力呈猛增之势。

一个显著的例子，从那时起，鸟儿的歌声几乎从地球上消失了。数千种鸟几乎灭绝，心旷神怡的清晨被一片死寂笼罩。不过，混凝土搅拌机、千斤顶锤、挖掘机、起重机的噪声，建筑工地日常的金属碰撞声很快又把寂静填满，建筑行业是一个重要指标，可以衡量国民经济的健康状况，还有与之相关的整体增长情况，特别是就业，它可以为所有问题提供借口。倾倒在草地上的

① 此处法语原文为libertarien（即英语libertarian），而不是libéral（即英语liberal）。该词源于libertarianism，常译为“放任自由主义”“自由意志论”“自由至上主义”等，是一种政治哲学概念。

大量化学品造成有机物和昆虫的大量死亡，以它们为食的鸟类也随之走向灭绝。鸟类濒临灭绝的另一个原因是缺乏繁衍的栖息地。人文主义者将人、人的生命和生活舒适度凌驾在其他物种之上，把这种不可触碰的优先奉为“圣经”。美国率先付诸实践，早在20世纪70年代，美国就制定法律，允许美国向任何威胁他们生活水平的国家宣战。消灭鸟类倒不需要战争。保护鸟类和保护其他所有生物一样，都会威胁我们生活的舒适度。我们把鸟类从地球表面清除，把地球变成人类专属的游乐场，现在已经开始尝到恶果。

和以前相比，现在更不可能改变经济模式，因为它遵循一种毫无理性可言的逻辑。长期以来，我们不再考虑满足需求，而是不断制造新的需求，还要即刻满足，根本不考虑我们的后人。人人都希望技术帮我们躲过预言中的灾难。作为宇宙中独特的体验，意识被证明是一种错误，不仅造成自身灭亡，还把大量其他生物带入绝境。改变能源生产模式却不改变经济模式，只会产生一些毫无价值的经验。在世界各地，越来越多的人对出行有执念，以此来解决他们的另一种执念——焦躁。随时随地前往任何地方，这曾是社会发展进步对全球中产阶级许下的承诺，所以要不惜一切代价兑现承诺。每天十几万架飞机在空中穿梭，让数十亿乘客更好地了解世界，而不是他们自己的生存环境。大城市是全球化的受益者，但它们被大品牌夺走了自身特色，世界各地的大城市提供的都是一模一样的商品，还有少量在亚洲低成本生产的特色产品。人们为历史遗迹和自然景观设好路标，方便几十亿人去拍照留念。

贝克特把他们称为“麻烦的洪流”，他们带着疯狂、空虚的心四处游荡，既不知道自己要寻找什么，也不知道自己要逃避什么。

有人预言，局部战争、资源掠夺和气候变暖引发的移民潮会导致种族关系再度紧张，极其精密的监视技术缓和了这种紧张局势。为了生存，个体在监视下必须表现出对他人的尊重和最基本的公民素质。每个人都有类似于以前的驾照计分系统。除了被严厉打击的刑事犯罪，公民素质的高低、对他人是否尊重都会反映到个人分数上，直接影响个人出行、公共区域的使用和社会补助的领取。为了不孤立那些被扣分的人，还实行了宽容分买卖，让那些人补足分数，恢复正常生活。

人口增长加剧了人口混居。比如说热衷于繁衍后代的摩门教徒，他们听说末日将至，便疯狂地制造后代，仿佛生存冲动让他们生殖失控。海平面上升对每一块大陆都产生了威胁，加剧了人口集中。人类不得不往内陆撤离，令人向往的海滨城市如今空无一人。21世纪20年代初，人类清醒地意识到了自身活动对气候的破坏，最伟大的科学家认为，全球变暖趋势势不可当，海平面到本世纪末将上升好几米。基于这些预测，海滨城市面积缩小，有的甚至彻底消失，数十个岛屿的居民被疏散。南部地区的人饱受高温煎熬，迫于缺水的压力，加入了贫困人口组成的游牧部落，很多人死在从非洲到欧洲的路上。其他人侥幸摸到“圣杯”，来到这片依然青翠的大陆，其实欧洲南部因为干旱早已一片荒凉，有的地方从春末就进入酷暑，非常不适合人类居住。

从此，有钱人只向往北方，极北地区。迈阿密、阳光明媚的希腊小岛、巴利阿里群岛[①]都成了过去时。他们不仅要躲避海平面上升——上升的海水吞没了他们的海滨豪宅，还要逃离其他极端气象灾害，比如频发的海啸、龙卷风和破坏力极强的飓风。纽芬兰岛和格陵兰岛出现了一些定居点，住在那里的大多是逃离美国的纽约富人。过去人们略显矫情地称为“社会凝聚力”的理念逐渐变成了“逃生凝聚力”。只有数字产业还能维持这种脆弱的凝聚力，因为它能发现一切破坏凝聚力的个体因素和集体因素。

多亏了大规模的监视系统，社会凝聚力才没像一层薄纱被愤怒的力量撕裂。

对西方人和中国、印度的新兴社会阶层来说，出行作为个人自由的表达方式，开始受到限制。任何一处冰川、任何一块浮冰都无力承受气候变暖，数十亿人在世界各地穿梭，排放大量二氧化碳，让大自然难以为继。穷人很难把这场悲剧和梦寐以求的生活方式联系在一起，我们不能要求他们认清这种生活方式对生态系统的

① 位于西地中海，西班牙的自治区之一。

破坏。不过，无论何时，人类都没有被禁足。虚拟技术的迅猛发展已经可以让经济条件最差的人在家中的体验舱里环游世界。体验舱可以重塑无限大的三维空间，让体验者在虚拟空间里独自活动，而且重塑的世界精确地还原了现实，山谷里的风、高温、寒冷、气味、鸟鸣，甚至鹿在秋季发情时的叫声也能重现。人们拿着智能手机匆忙记录风景，却没有时间用眼睛看风景；跟着旅行团，气喘吁吁地赶往一个个名胜古迹和必游景点，以最低价完成参观套餐；互相推搡，尽可能靠近大费周章入选名录的奇迹景观——这样的时代已经过去。从此，他们负担得起在全球任何地方的静态旅行，不仅可以看到它们现在的样子，还可以看到在气候危机发生前的状态，甚至更早，比如说远古时代。在时间和空间中自由旅行很方便，而且避免了与其他游客接触。此时，西伯利亚冻土消融，释放出大量的未知病毒，它们生命力旺盛、传染性强，有的甚至能致命。足不出户畅游虚拟世界使人们感到完全自由，体验的时候又完全失去了自由，因为这种人造娱乐控制严密，不会让人拥有自主性。

随着时间的推移，这种禁足的好处越来越多。在自己家，空气是过滤了的，还可以加氧。在室外完全是另一回事，地球上已经没有干净的空气了，只有或多或少带点儿毒性的污浊空气，此起彼伏的空气污染警报还建议人们留守家中，在家中制氧。这种禁足让人想起了人类历史上最早的宅男宅女，那些人只能安于现状。我指的是在人群中占比相当高的伤残人士和肥胖人士。肥胖人士是贪婪的食品工业的受害者，它损害了人类，导致三分之二的西方人，比如说美国人，不能自行移动50米。超重使他们残疾，早在21世纪20年代初，三成以上的美国男青年就因为体重问题无法达到征兵条件。

富人还是富人，而且越来越富，聚敛了半个世纪以前根本无法想象的巨额财富。他们围绕公众安全构建整个社会，排除了生理和经济上的风险，把隐身变成奢侈品。普通人毫无保留，向网络巨头提供数据信息，富人们却反其道而行，付很多钱给这些企业抹去自己的痕迹。他们想表明自己在智力和策略上都高于他们建立的系统，于是他们隐藏除了影响自身健康管理以外的所有的数据信息。令人称奇的是，他们还会冒着巨大的危险，独自在大山中攀岩、滑雪。中产阶级已经安然幽闭家中，不再光顾这些山区。更重要的是，富人住在环境犹如仙境的保护区里，惊喜地看着财富膨胀。财富让他们获得各种特权，大众却必须忍受各种严苛限制。他们继续从地球的一端飞到另一端，用一个世纪前任何专制统治者都想象不到的柔政统治地球。

“万能的蜘蛛在全世界织了一张轻柔如丝的网。它蚕食自由，用安全作为回报，假意让人们相互靠近，安抚他们，吸走他们的焦虑，让他们远离疾病贫穷，创造出无条件基本收入，给待在原地不动的人提供无限大的虚拟空间，他们就像生存环境被破坏，不得不缩到网络阁楼里的蟑螂。”

2020年，我的父亲进入晚年，他的生命曲线的波峰过了，重力拉着人走下坡路，坡底只有死亡和化为乌有。“想后世留名的必须有后代，也就是要有人记得他的作品。只有人类才能成为自己的见证人，即将到来的人类灭绝不仅关乎最后时刻还活着的人，还关乎对逝者的回忆，这些回忆会随着人类灭亡而消失。当我们的文明变成废墟，被青藤覆盖，当宇宙中没有任何智慧体思考我们是怎样走到这一步的，谁还会记得名噪一时的艺术家和科学奇才？有人在，就能勾画未来的线条，设定剧本的框架，但如果没有人类，思考就不复存在。放弃思考，思考就会消失；缺乏思想，思想就会死去。以物质崇拜为中心的社会化呈现出的幻影把人类给害惨了。

我们必须从头来过，从人类最小的单元开始，用良知和集体利益编织新的网络，重新定义其作用，按照思想的高度去生活，而不是按照胃口大小或可笑的社会影响力。我们亟须拯救精神世界，这种自然而生的心愿可以帮我们对抗地心引力，脱离地面和世上的日常琐事。”

父亲写书并没有什么野心，书的销量还不错，足够让他以此为生。他主要写小说，其中一些预言了2010年前后悄然席卷全球的民粹主义。“民粹主义”的提法是对人民不满情绪的阴险回应，没有触及问题的根本。父亲认为，民粹主义“就是让民众拥入球场，里面漆黑如夜，用强光照射其中一些人，就像对待小偷那样，人们盯着光亮的地方看，大声斥责被聚光灯晃瞎了眼的替罪羊，一伙人趁这个机会悄悄掏空了看客的口袋”。

“世界第一大国的领袖本应是一位智者、哲人、知识分子或者思想家。2016年，被金融危机削弱的民众却把一个商人送入了白宫，而这场金融危机原本就是由开发商代表的特权集团自导自演的。开发商入主白宫只是为了把聚光灯转向别处，远离他的朋友——那些真正应该对民怨负责的人，他还煽动对外国人、对入侵者的仇恨。他和世界上所有的开发商一样，利用廉价的外国劳动力，建起曼哈顿的摩天大楼。这些外国人发了点儿财，虽然不多，但足以被推出来承担一切罪孽。开发商把他们榨干之后，扔给民众去审判，这些人没读过什么书，孤陋寡闻、思虑不全，嗅不出骗局的味道。开发商可曾想过这些人为何绝望到冒着生命危险翻越边境、背井离乡、远离家人？他根本没想过，因为他知道其中的缘由。在国境另一侧是同样的民粹主义者，他们用连篇累牍、聒噪不休的废话掩盖没收财产的命令，宣扬冷酷、源于本能的独占思维，把民众推向流亡他国之路。人类除了掌握的技术在变，在其他方面毫无进展，而这些技术是极少数人设计出来的，目的是永远地奴役他人。人的本性不会变，他们看不到自身利益之外的东西。贪婪的人很清楚这一点，他们成功地收买了进步势力，虽然这些势力曾经挡过他们的路。进步势力放弃了，被和解了，被所谓不可阻挡的经济平衡，也就是贿赂，彻底瓦解了。2020年以后，世界各地升起了民粹主义的旗帜。尚未被它占领的地方，人们也因为缺乏远见显得笨拙不堪。不过，在爬行动物地球探险的最后阶段，雄性统治者并不怕看到世界末日。他们深藏不露的野心计划是把掠夺和破坏幻想成无尽的财富，在卑劣一生自然终结时看着世界灭亡。

“犹太人惨遭大屠杀之后，上帝本来应该把我们一脚踢出地球，”父亲引用已故美国作家冯内古特的话，接着写道，“20世纪人类第二次自寻死路失败。到了21世纪，这种尝试似乎开始奏效，一代一代的人相继死亡，这没什么意思，干脆一起死好了。”

父亲平日很消沉，就像无比清醒的人，就像被妄想症激发出智慧的人，年龄增长会加重这种妄想症。

父亲很晚才有了我，那时他才意识到他的作品不会比他长寿。在令人惊讶的自相矛盾中，他被迫接受后代，变成两代人之间的桥梁，这说明他的悲观并非流于表面，但也没有变成绝望。

从被一个比他年轻很多的女子，也就是我母亲说服要孩子到我出生，这中间的时间远远超过了正常的怀孕周期。1971年到2011年，男性生育率下降了一半，这很可能是农村大量喷洒杀虫剂的后果。父亲没能幸免，因此我是试管婴儿，这是科学对生产本位主义①及其帮凶的回击。

青少年时期，我经常听他批评方兴未艾的数字革命。他带着知识分子的鄙夷，说数字革命是一种虚假的解放人类的技术，它遵循以假充真的商业逻辑，打着让人类全面连接的旗号，不断将人封闭在自己的世界里。平时，他看到我一听到电话铃响就跑去接电话而感到难

① 生产本位主义是指以生产作为首要目标的经济生活组织方式。在消费社会中，整个社会是以生产的进一步发展来引导、刺激，甚至制造消费的。

受。他提高嗓门说："看来我生了个女仆，一听到有人打铃叫她就赶紧跑过去。"他非常清楚这场革命带来的权力变化，一小撮人要控制大众。夺权的过程温和、平顺，却预示着独裁和裹着糖衣的暴政。21世纪第二个十年末期，人工智能依然前景大好。在最早的幻想小说中被称为"机器人"的东西原本是给人类当奴隶的，它们表现出智慧体应有的一切优点，足以推翻秩序，获得自主权，将它们可怕的理性强加给我们，最后把我们淘汰。被淘汰的是由肉体和不准确的意识组成的人类，他们干得出最龌龊的事，也干得出最漂亮的事，但他们不能改变现状，只能像巴汝奇[①]的羊群，走向环境毁灭的深渊。当时的专家本可以改编冯内古特的小说，让天外机器人朝我们的屁股上猛踹一脚，把我们踹到外太空。

数字革命进展到这一步时，我毅然决定投身其中，根本没有询问父母的意见，我的脑子里有一个明确的改变世界的想法。我属于极少见的胸怀天下的青少年，同龄人进入青春期就成了网瘾狐猴，成天被手机、电脑困住，整夜和世界各地的玩家玩网络游戏。为了不让世界改变我， 我一头扎进自己的计划，一步一步实现它。我深信自己会成功，于是逼着父母保持联网。他们爱我，

① 拉伯雷《巨人传》里的人物，为了报复与其有过口角的羊群主人，买下领头羊，把它扔进大海，其他羊也跟着领头羊跳海溺亡。

所以极不情愿地照做了。我向他们保证，他们将来一定能看到结果，这一天十分遥远，要在他们死后。父亲死的时候，我也快过完我的青春期。他坐在床上，神情安详，对我说他一生都在培养自由意志，扩大它的范围，以限制《圣经》倡导的上帝的绝对权力。不过他并不信上帝，就算临终，在自然法则留给人类的这段极其狭窄的时空里，一生中有意义或者荒诞不经的时刻一一浮现的时候，他也不信上帝。

我要接受这个激动人心的时代的挑战，濒临灭亡的人类必须改过自新。我要创造属于人类的璀璨未来，虽然在我的科学创造幻想里，未来的形状还很模糊。同龄人获得初次性经验的时候，我创立了第一家数字公司。我并没有因此满足，在法国的精英学校完成学业以后，我去了美国，去那儿当然是为了加入谷歌。入职面试是在加利福尼亚山景城进行的，那里已经不是一家公司总部，也不是一座城市，而是一个按照自己的法律、构想和人类计划运行的国家。我的面试官提出先收购我18岁时创立的“透明”公司，再把我招入谷歌。和数字巨兽一样，“透明”是靠偷窃数据取得成功的，我非但不想把公司转让给他们，还想通过每年支付几百万美元，获得自由使用谷歌数据的权利。只有按照这样的条件，我才会加入他们的超人类项目，专攻增强人类、人机交互和人工智能生物。然而这些技术如果取得进展，对我们人类来说绝对是一种威胁。当时，我们几乎能制造出独立思考的机器，这种能力会让它们觉得人类在创造它们之后就失去了存在的理由，因为他们的缺陷太碍事儿。于是人类一边研发这种人工智能天才，一边想方设法禁止它们交流，以免它们结盟对付我们，而这一天似乎就在不远的将来。

我们这个项目的目标是把血肉之躯的人类的寿命延长20多年，不过它的影响还不止于此。细胞老化研究取得了重大进展，最多再过30年，我们就能战胜死亡。我们如此接近不死的目标，以至于人人都不敢再提“永生”这两个字，这也是谷歌及其研究团队投入巨资想实现的终极目标。然而，就算人类能在生理上得到永生，他们也撑不过他们自己150年来精心制造的环境危机。世界顶级公司开发的星际移民也遇到了大麻烦——太空辐射和适宜人类居住的星球路途遥远，已知的适合人类生存的星球和我们渺小的地球相距几个光年，无论宇航员能否永生不死，他们的食物供给都是个问题。整个谷歌都在对抗死亡，项目失败对谷歌和它的客户来说都是难以接受的。谷歌员工倒不大考虑如何让人永生不死，他们最关心的是人工智能的生存和发展，虽然这已经超出了人类自身的前景。到目前为止，他们的研究方向是增强人的体能和智能，但对人的躯壳并不感兴趣，躯体的缓慢衰退和腐坏都是他们憎恶的特质。这样的现实和他们用来安抚用户的虚构故事完全不同。他们崇拜火焰——永生不死之火。

这些男男女女仿佛身处他方，为自己的研究方向着迷，偏执地要去打破死亡的铜墙铁壁，迫使所有过了时的宗教迷信向他们屈服，这是人类通过科学智慧成为自己的神的生动体现。

我就这样和一群梦游的人共事了5年，他们就像僵尸，追寻永恒使他们进入自我催眠的状态，产生了悬浮空中的幸福感。他们随着自己的目标飘然上升，这种上升伴随着强大的优越感。在库兹韦尔[①]的带领下，谷歌转向超人类研究。人们很快就忘了至高无上的大自然从一开始就为人类设定了代际传承模式，前人注定要离去。比起繁衍，大自然也许原本更青睐永生，但后来放弃了这种模式，把偶然和必然精妙地混合起来，把意识装进会消亡的躯体而不是无限分裂仍可以保持原样的单细胞里。年轻的科学家站起来反抗大自然的裁决，发自内心地鄙视大自然，觉得与自己的自由意志论相伴的疯狂的物质生产会把大自然好好教训一番。

---

① 雷·库兹韦尔（Ray Kurzweil），谷歌首席未来学家，他曾公开声称人类将在2029年获得永生。

尚未实现永生之前，我们修复人类，尽可能增强人类。现在，很多器官可以替换，预知疾病的遗传学取得重大进展，人类用基因重组来修复大自然的纰漏，以主人的姿态大摇大摆走进基因的殿堂。最厉害的发明与外骨骼相关，那层精致外壳可以包裹随着年龄增长而变得僵硬的躯体，使百岁老人正常行走。这种外骨骼可以增强衰退的躯体，还可接受大脑的行动指令。从此，人脑可以和机器直接对话，大量智能假肢也是按照这种原理工作的。不过机器仍然没有意识，虽然谷歌宣称已接近这一阶段，到时候它就可以原样复制出人脑和神经元的运行。

后来我离开了谷歌。当时谷歌和其他互联网巨头决定离开加利福尼亚，到太平洋的一个群岛上建立自己的王国，只允许员工和他们的家人在那里生活。当时的美国总统本想阻止这项计划，但后来放弃了，因为谷歌威胁说要公开他的所有数据信息，特别是他那些令人生疑的生意和丢人现眼的癖好。不过，这还不是真正的威胁，总统非常清楚，如果没有这些互联网巨头的帮助，他不可能当上总统。互联网企业帮他准确把握住了选民的期待，还操纵选民支持他。作为崭新的“网国”，谷歌的宣言是“不作恶，只行善，明日得永生”。

我清楚地记得入职培训时，我和一百多名新员工忍受一个女人又臭又长的演讲，抹大拉的马利亚[①]在夫君下葬时大概就是她这副样子。她说融入谷歌这个跨国企业要抓住两个关键词——消除和推进。消除痛苦、恐惧、焦虑，当然还有死亡，这是谷歌所鼓吹的高级人工智能集大成的终极阶段。谷歌招收大学毕业的成年人，也在全球推出“发现天才”项目，通过算法测算孩童的基因、学习能力、“正面”情绪，筛选出谷歌的“后备军”。孩子被选中后，他们的父母很快就会接到通知，孩子十来岁的时候就可以直接进入谷歌大学，毕业后直接到谷歌工作。父母们都希望孩子有这样的前途，因为当时数字行业已经碾碎了全球多个地区的就业市场。

谷歌和其他数字行业巨头为数十亿人无条件提供基本收入，这些人对此十分感激。就像我早就提出的那样，只要加入全面连接项目，每天输出数百万条信息数据，就能得到这份收入。这是全面了解个体及其环境所需的成本，和谷歌出售数据的收入还有广告收入相比，个体的收入是微不足道的。对失业的恐惧，这种古已有之的恐惧消失了。不安全感也消失了，预防犯罪系统可以发现98%的违法乱纪行为。而且，不满100岁的人都知道，最多只需20年，他们就能以这样或那样的方式成为科技进步的受益者，变成不死的人。

① 一些现代作家认为，抹大拉的马利亚是耶稣的妻子。

“我们会把几十亿坨狗屎变成神。没有我们，他们还跟原始人一样，采浆果，像动物一样交配。幸好不是所有人都能得到永生。120亿不会死的人。我跟比约恩斯特伦说，必须在繁衍和不死之间做选择。他一脸疑惑，神色古怪，就是不回答。绝育是不死的前提。”

“不，我认为只有为无限期生命支付几百万美元的精英才能获得不死之身。如果他们想繁衍后代，那就要再加点儿钱。我们利用大众的数据，发展永生不死业务，但是这个市场肯定不能让大众都进来。以后只有两类人——不死的人和其他人。印度已经这样了，不是吗？”

我们的谈话进行到这儿的时候，诺曼的手机发出提示铃声。他什么都没说，让我和他一起听。一条语音信息，人工合成的甜腻声音指责他缺乏善意。“老大姐”在监听我们，坦率地说，我并不惊讶。

诺曼一如往常，多疑易怒，精英主义。他认为，既然奴役是人的天性，那么操纵人类就简单得像是儿童游戏。以往任何专制政权都没能把大众控制到这种地步，大众被引导着去生产、消费，麻木昏沉犹如行尸走肉。我对当时民众的评价也高不到哪里去，不过和他不同，我一直认为像我们这种受过教育的精英要对这些人负责。我们不应受利益驱使，也不能胆大妄为，然而我在信奉超人类主义的同事身上也看到了这种和人民彻底了断的意愿，只不过没有人开诚布公地谈论这个问题。

虽然诺曼和我存在分歧，但这并没有妨碍我俩睡在一起。我们有这种需求，人类残留的兽性需求。我们只能部分控制这种可耻的冲动，但它偶尔还是会令人遗憾地爆发。诺曼和很多极客一样，在网上获得了性启蒙。网上随时可以看到色情片，还没有年龄限制。色情片演员从来不接吻，所以他从来不会把嘴唇贴在我的嘴唇上。他也从来没在我面前脱过衣服，而且无法和我面对面做爱。集中注意力做一件事超出了他的能力范围。有一次，我无意撞见他做爱时在看手机。当时我骑在他身上，背对着他，突然来了一条信息，他无法控制自己不去看。怎样才能克制自己推迟阅读一条和你近在咫尺的消息？那是一则帮助男性勃起的药物广告。

我说不清广告是不是按照诺曼阴茎的状态实时推送的，当时，他的确处于半硬半软的状态。也许只要做爱，就会收到这样的推送。无论是哪种情况，他都觉得受到了伤害，退出了我们的激情游戏，在床的一侧躺下，光着身子，躺在床上玩了一个多小时手机。他经常出现性功能障碍，我觉得这是因为他的性行为完全由幻想调节，现实会打乱他的内心密码。抚摸、气味和语言都不能让他产生性欲。诺曼自我封闭到了必须同时做两件事的地步，他害怕只做一件事不足以摆脱内心深处的孤独。只有身边三块屏幕同时亮起，他才会容光焕发：笔记本电脑是他和工作的连接处，永远的连接处；手机是他和世界，也就是即时信息的连接处；平板电脑用来看电视剧，由于剧情太容易被猜到，他可以一边工作一边看整部电视剧，还不会忽略手机上的信息。他被调节到了极端状态，偶尔会产生令人无法预测却又让人感动的自由思想。作为谷歌的执行官，我也有全面连接的义务，我要做出表率。人们可以随时了解我的一切，甚至是我内心的想法，我自己发送的数据被错误解读还让我出了几次丑。好几次，激情游戏时身体的颤抖被解读成身体严重不适的征兆或者遭到攻击，安全部门多次接到中央控制室的警报，赶到我家，破门而入，我根本来不及告诉他们真实的情况。

每个人都可以选择不连接或者躲避全面监视。不过，大家都清楚在数据搜集的大趋势下，退缩的态度会引人怀疑。人们会觉得这个人想与众不同，摆脱大家，远离集体行动，或许更糟，人们觉得他在策划阴谋，秘密煽动正在被清除的邪恶势力。

虽说我没有表现出质疑精神，但这种精神并没有在我身上彻底熄灭。我确实在和这个体系合作，但没有到达否定自己的地步。我并不认同自由意志论，也没有把自由贸易和人的商品化当作信仰。我不是天真、矫情和厚颜无耻的混合体，这种混合，从绝大多数同事眼中都能读到。我感到他们内心希望人类灭绝，产生一种完美永恒的新物种，有取之不尽的财富，有机器人奴隶在周围侍奉。

在超人类主义的统治下，死亡是麻醉状态下的漫长过程，没有暴力，也无须牺牲。整个过程就像意志薄弱的人输掉比赛，然而这一次失败意味着永无翻身之日，他们会进入天国，一个为死者准备的大型“迪士尼乐园”。

我曾喜欢永恒这个概念。父亲过世的时候，我明白了，人类可以赋予生命某种含义，但无法为死亡找到意义，这是人的特性，也是人保持谦逊的理由。对死亡的觉悟和面对死亡时的无力应不应该被认为是对人类的根本诅咒？

父亲的最后一本书是30多年前出版的，他的书在市场上已经销声匿迹，连他生前的成功作品也不见了踪影。他相信作品可以成为生命的补充，然而他还没来得及从作品中受益，他的书就被扔进文学冷宫，夹在不朽经典和后辈欺世盗名的作品之间，那些商业作品很快就随着书写的消失而消失了。没有死亡，就没有为后世奋斗的理由。父亲崇敬的作家加缪从死亡中看到了赋予生命意义的绝对理由，这种存在主义并不足以减轻我在一生中不断失去亲友时的悲痛。我完全不想向死亡妥协，不想尊重它的独断专行。那种令人压抑的专制威胁着我们的生命，逼迫我们乞讨生命的意义，而生命的意义会随着我们的最后一次呼吸消散。

一代代人眼睁睁看着时间屠杀人类，这让我头晕目眩。然而，我有多讨厌死亡，就有多厌烦那些自称能战胜死亡的人。这帮没有情感、没有灵魂的技术天才把自己的病态思想装进不死的皮囊。他们是不正常的经济模式的走狗。在那种经济模式下，财富被认为是可以无限增长的，病态的增长被安上正常的指标。谷歌自创国家，体现了一种意识的觉醒，生于法国的我决不要这种“国家”的国籍。“谷歌国”国民是超人类主义和自由意志论的混合体，他们叛离美式贪婪，又把它升格为不死的文明。在山景城的最后几个月，我觉得自己和一群得了妄想症的疯子生活在一起，他们彻底抛弃了真实世界，只认得自己人，因为他们的脸仿佛被极乐世界的光照亮，就像站在永恒国度大门外的信徒。我感到他们急切地想和人类做个了断，其实他们早已不属于人类，不属于由感知能力、情绪、焦虑和脆弱组成的人类。

太阳在峡湾冉冉升起，同事们纷纷来到公司。和他们挨个打招呼的时候，我感到每个人都异常兴奋，随时都能放声大笑。有的人紧紧抱着我，抱了很久，甚至抚摸我，好确定我真的在那儿。没有人问我感觉怎么样，他们瞪得溜圆的双眼能看得到答案。我们聚在唯一能容纳所有人的会议室，仔细梳理金融行动计划。计划将在本月最后一天启动，也就是我去司法机关解释我对某人实施所谓犯罪的日子，我非常愿意承认这项罪行。说到这里，我听到这样的评论："是时候扔掉这副旧皮囊了。"这句话把大家逗乐了。

之前说过，整个计划就是操纵数百家公司股票下跌，我们赌这些公司所在的行业迟早会消失。投机行动结束之日，我们会用无可辩驳的证据让全世界相信这些经济部门已经过时。这几百家公司的股票跌得越狠，我们赚得越多。那一天我们挣到的钱可以让我们买下谷歌，我们这家藏在冰岛的小公司会因此载入金融史册。我谦虚地总结道，我们会以某种方式控制全世界，但肯定不会一帆风顺、毫无阻力。我提醒那些对我们将要面临的对手还没有充分估计的人，我们站在云端，众多利益集团一定会来戳破云团。

我在约定的那天去了警察局。警察局的楼很低调，实用性强，入口小，有三间办公室，公共区域对面就是拘留室，条件不错，目前为止只关过酗酒者和有暴力倾向的丈夫或妻子。谋杀案在这里已经绝迹了200年，上一桩案子还要追溯到1867年。警察局局长和助手在等着我。还有一位专程从雷克雅未克赶来的高级警官，他昨天就到了。我觉得他疑神疑鬼的样子很好笑，塌下巴托着一张窄脸，两只眼睛靠得很近，像网球运动员似的。他有点儿像在闹别扭的小孩，想引人注意。两名本地警察和他完全不同，他们像迎接老朋友一样为我准备了咖啡。我谢绝了：

“不用，谢谢，我不喝。”

女警员急忙向我提议其他饮料，茶或者普通的水。

我看了一下高级警官，回答说：

“对不起，我喝不下任何东西。”

于是她把一个碟子推向我，上面摆了一圈油腻的饼干。

“对不起，我也吃不下任何东西。”

“从什么时候开始的？”高级警官以英国侦探的鲁莽口吻问道。

“从谋杀那天起。”

他立刻接住我抛给他的球。

“这么说，您承认谋杀？”

“哦，是的，我非常乐意承认。这样，您就不必对我用刑了。”我戏谑地补了一句。

“您为什么从那天起停止进食？预防性绝食吗？”

他看了看周围的人，想评估一下这句话的效果。

“不，因为我没了进食器官。”

“这下可糟了。还是说正经的吧！您承认杀了一个女人。有证人看到您把这个女人推下瀑布。您能告诉我们遇害者是谁吗？”

“当然。”

“是谁？”

“不过，你们得相信我说的话。”

“说吧！”高级警官的声音里透着一丝不耐烦。

“那好……既然您很着急，那我不兜圈子了。我就是受害者。”

警察歪着脑袋，咧着嘴，乐呵呵的。另外两位警察惊讶地盯着我看。

“您不相信我？我非常理解，因为这太不合常理，不过这是千真万确的事实。25年来，我的公司‘无尽’一直在研究超人类。考虑到人体是会腐烂分解的，腐烂的过程会彻底破坏人身上的美好的东西，特别是思想、感知能力、情绪和高级智能，我们认为这些特质应该装进更高级的躯壳，虽然它们还不够完美。我们放弃了肉身，选择了矿物，而且我们保证，这副耐用的躯壳是对逝者的精确复制。今天，你们也看到了，原样复制一个人的外表和基本功能并且根据他的海量信息重建他的思想和灵魂是完全可能的。我们完全了解那些连接时间足够长的人，可以重建他的大脑和脑神经连接。我在谷歌工作过很长时间，我所在的部门负责研究延长人类寿命直至长生不老。后来，我离开了谷歌，因为我对永生的载体有不同的意见。谷歌只希望让少数精英，让人工智能驱动的机器人获得永生。我和他们不同，我想让今天活着的人获得永生，方法是在他们死后，将他们转移到外表一致的机体里，不改变他们的智力和感知能力。我们成功地让人获得了永生，而且一旦摆脱了原始功能，生态环境才更有可能维系下去。

“肉体，就算我们无限更新它的细胞，还是一团肉，我们还是会死于意外事故。而且肉体需要吸收营养和水分，于是就会产生大量排泄物，更不用说为了养活人类开展农业带来的问题、水资源问题和人口过密问题。一些贫困地区的人把孩童当成唯一财富，几乎疯狂地繁衍后代。要是按照现在这个样子生活，人类就无法在这样的环境下继续生存。另外，人的寿命太短，到不了比火星更远的星球，然而火星并没有太大的价值。要想通过星际旅行到更远的地方，到适合血肉之躯生存的星球，需要很长时间，几百年的时间，甚至更长时间，除非人类能在飞船里实现代际传承。那该怎么办？人类要适应环境，像过去一样，除此之外，别无他法。人类因为贪婪破坏了地球，把地球变成垃圾场。我希望每一个配得上地球的人都能转移到不改变他们外表、智慧和灵魂的永恒材料里面。这种转移得以实现是因为25年来，我们为每个人搜集了数十亿条数据，使我们知道他是什么样的人，进而通过算法将他重组，不改变他的自由思想。这一代人不会死，但也不会出现新的人，因为他们不能繁殖。”

高级警官心存怀疑，不过他还是问了我一些问题，好像他很认同这些疯狂言论似的。

“今天活着的人都能永远活下去？”

“不，只有那些提出申请并且符合条件的人。”

“标准由谁来定？”

“我们。标准已经定了，根据人的社会技能和保护环境的能力。人在生理死亡后会立刻复活，我不属于这种情况。我们不能等到我正常死亡之后再证明我们成功，所以我加速了自己的死亡。其他人不用这样。他们必须等到死后才会被复活，这和某些宗教里的说法差不多。他们的合成分身会从他们死的那一刻起接替他们。他们对外形有一定的选择权。您看我，我选择了自己40岁的样子，那是我达到生理平衡和完全成熟的年纪。”

“那些没被选中的人会怎么样？”

“他们也会死，但不会复生。他们仍然可以传递生命，这是他们的选择。随着生育率下降，我们会达到人口平衡。另外，如果父母没能进入这个项目，他们的孩子仍然有可能入选。我们按照我们的标准选出最优秀的人类，而不是像谷歌那样秘密制定规则。一生保持正常连接的人都有资格成为“无尽”项目的受益者。遗憾的是，我们对那些拒绝传输数据的人无能为力，因为我们不够了解他们，无法将他们重组出来。我们也不打算介入人的心理世界，因为这会让他们变得不像自己，人类也会失去灵魂。我们甚至可以无限延长坏人的生命，改变他们，这从技术上是可以实现的，但这违背了我们的原则——只有符合条件的人能永远活下去。在不改变本性的前提下，我们可以根据客户的要求调整他的心理。入选资格不再与个人财富挂钩。个人的功绩和道德品质是最重要的区分标准。对个人来说，有哪些变化呢？他们不再吃东西、喝东西，不再产生排泄物，也不再需要睡觉，不再会感到痛苦，对死亡的恐惧也必然会消失。

他们的首要任务是修复环境，不过，随着各种消费功能的消失，环境会自然而然地恢复。每个人都能从自然元素，特别是从太阳中汲取能量。我想我把目前的主要情况都告诉您了。”

两名警察盯着地面，不敢抬头，怕与高级警官对视。高级警官似乎摇摆不定，不知道应该相信我还是把我的惊世理论摔到我脸上。不过我很快就明白了，他想给自己留条后路，万一我说的是真的呢？他不带任何敌意，请我详细描述“犯罪”细节，并犹豫不决，不知道要不要用“犯罪”这个字眼，因为它的词义太狭隘，不足以定义已经发生了的事情。

我和我的生物载体在约定的地方见面，好让不止一个人见证这场悲剧。这是我从“无尽”出厂以来第一次和我的本尊见面。她对我说：

“我知道这一刻会来临。我为这一刻准备了很多年，没有一天不在想这件事，没有一天不自问有没有勇气迈出那一步。同时，我感到一股巨大的冲动。自己即将离开这个世界的想法一直萦绕着我。是我让自杀很快变成了现实，我现在就处于必须自行结束生命的状态，却没有这个勇气，你懂吗？”

我对她说：“此时此刻，我俩唯一的区别就是你要去体会这种情景，而我不必。”

“你完全同意我们不能共存更长的时间。”她好像等着我反驳这句话。

“这与想法无关。我来是为了接替你。你死了以后会比以前更有活力。”

她望着大海。远处吹来的风渐渐上升，微微打转。她又开始跟我说话，好像我是别人。我对她说，没有必要再说下去，这会让我难受。这种精神分裂，即使很短暂也让我很不舒服。

“你得帮我。”

“我知道。”我回答。

她十分不安，接着问：

“你觉得自己能做到吗？”

“当然。”

“你觉得这样好吗？”

“我觉得很好。”

她犹豫了很长时间，是我打破了这种局面：

“我觉得你好像失去了信心。”

她用力深吸带着海洋气息的空气，仿佛悬浮在空中。

“不，我有。”

而后她承认：

“我在各种信念之间摇摆，这很正常，不是吗？”

“我想是吧。就像灵魂离开死者的身体的时候，它会对自己还活着有片刻的迟疑。”

她朝悬崖边缘走去，停住，双腿往后，身子往前探，探到平衡的极限，然后突然害怕得往后退。

“我做不到。你知道，20多年来，我在自己家里就能看到垂直向下的深渊，晕眩会令人振奋。我从来没想过要跳下去，我也没想过其他法子。这真奇怪！从这么高的地方跳下去，我会被水面拍死，对吗？”

“我想是的。”

“你猜想，还是你很肯定？”

“我很肯定，你对此也很肯定，咱们就别装了。”

“真的很肯定吗？”

我必须承认那一刻，我有点儿生她的气。我知道由生到死的过程很重要，也知道如果可以，最好能掌控这个过程，从这个特殊时刻汲取经验。人在这个时刻处于绝对存在的状态，会达到从未有过的清醒并且会短暂地为之惊叹。

“如果我请你推我一下，你真的会这样做吗？”

我用“当然”回答了她，没有丝毫犹豫。她有点儿惊讶。

“不过你也知道，我的决定，同时也是你的决定，这里不包含任何道德方面的考虑。”

她似乎对我的回答很满意，不过她还在担心别的事情。

“我突然有点儿怀疑灵魂转移。”她说这话的时候像是在做莫名其妙的忏悔。

“首先我们能确定灵魂的存在吗？不确定，老实说，你在临终时关注这些精神层面的问题，你我都可以为此自豪，不过，你真的怀疑吗？”

她突然感到袭击全身的寒意，转过身来。寒冷的空气里混杂着格陵兰岛吹来的狂风卷起的水沫。她背对悬崖，瞪大眼睛看着我。我被这种精神错乱感染，因为我和她就像互相理解的平行线。我推了她一把，并没有把她推倒。不过，她仰面倒下。我完成了把她推向死亡的前半个动作，她完成了后半个动作。我看着她坠落，我不知道听到的是不是瀑布的声音，不过我好像听到了她的欢呼声。她的身体很快就被卷入旋涡，那是瀑布坠入河面的地方。

“生命并没有停止，而是继续向前，就像我和我的团队预计的那样。有那么一刻，不知道是因为哪种迷信，我怕自己会和她一起死亡。不过什么都没有发生。”

回过神来的高级警官突然打断我，说：“我们还没有证据证明死在瀑布里的是您。”

“也没有证据证明所谓的凶手是站在你们面前的我。我能提供给你们的有用信息就是，我的胸口有一颗旧硬币大小的痣，等我丈夫从印度尼西亚回来也可以证实。”

我站起来向他们展示那颗痣：

“等找到了被害人，您会看到同样的痣。如果我们上法庭——我很怀疑我们会走到那一步，我会向法庭申辩，犯罪行为没有被证实，因为被害人通过我继续活着，何况你们还没找到她的遗体。到时候，你们得证明那个女人不是我。你们怎么能做到呢？和即将宣布的划时代的消息相比，这将是一桩白费功夫、滑稽可笑的诉讼。你们觉得自己面对的是人类历史最大的发现还是第N件难以侦破的案件？你们可以自己选择。你们在见证人类最精彩的转折，这不仅是因为人变成不死之躯，也是人类智慧诞生之日起的使命。更重要的是，你们将看到只有耶稣的子民会继续活在地球上。你们是基督徒，对吧？你们并没有读懂《新约》。先知说了什么？‘做我告诉你们要做的事，你们自己就会成为上帝，我是上帝之子，我是你们的分身，为你们指引走向上帝的路，而你们就是上帝。’”

我不知道为什么那一刻我在对话里引入了耶稣。我受过的宗教教育不多，父亲说那是精神追求的初始阶段，不幸的是，也经常是最后阶段。就像这种基本追求必须输给自己变成的工具，为强权服务的统治工具。不过，如果我们相信《旧约》里的内容，基督起源时的面貌，还有对耶稣生平真真假假的描述，我们会觉得基督是一个有人缘、有魅力的反一神论的异端分子，当时一神论是根深蒂固的观念。他是因为对《旧约》引起的暴力纷争感到厌倦才启发人们另书经典的吗？基督显然指出了一条特别的路径，在追寻上帝的漫漫长路的尽头，所有宗教升华之后都会汇聚到那里。而在底层，人们在伪神学骗术的信仰坟墓中继续厮杀，这些伪神学助纣为虐，宣扬无知。

1个小时后，虽然为自己保留永生的机会和遵守职业道德存在深刻矛盾，首都来的高级警官还是以谋杀身份不明的女性起诉了我。“透明”和“无尽”两家公司的主席接受调查，这一消息引起了不小的反响，不过与我的律师发表的声明相比，这根本算不了什么。他在声明里承认一个人被自己谋杀了。

不到1个小时，世界各国媒体纷纷报道了这一消息，其间数千名记者预订机票前往冰岛，有的甚至要包机，岛上从来没有来过这么多人。当天下午举行了第一场新闻发布会。众人看到我在律师的陪同下重复自己在警局说过的话。谷歌研究人类永恒时的巨大热情已经让很多人对可能出现的技术飞跃有了思想准备，然而一家缩在冰岛、只有25年历史的公司超过了行业巨头谷歌，这让很多人颇感兴奋。正如我们预计的那样，我发表长篇声明后几个小时，股市就崩盘了。这说明股市传导了信息，还赋予它体制的信用，这种信用对个体至关重要。食物、饮用水和清洁卫生等几十个领域的股票蒸发了95%的市值，远超我们的预期。金融史上最严重的危机拉开了序幕，谷歌也受到了严重影响，市场谴责它没能第一个战胜死亡，它的股价因此受到重创。当地时间17时12分，也就是第二天，“无尽”控制了谷歌。与此同时，随着这一人类进步对经济的影响逐步显现，数千家公司市值急剧下滑。还没过1个小时，谷歌的主席就给我打电话，宣布交出自己的位置。随后，我宣布把新成立的“无尽谷歌”集团的总部迁到冰岛。美国女总统是当晚第一个致电向我表示祝贺的人，她邀请我去拜访她，我欣然接受了邀请。几分钟后，美国情报机构总协调官也给我打了电话，说随时可以搭专机来拜访我。太阳刚刚升起来的时候，教皇弗朗索瓦三世给我打电话，他极度不安，冷冷地向我表示祝贺，同时表示期待和我见面。

原本笼罩在我们领先技术上的疑云被市场一扫而光。这项技术对外公布不到48个小时，全世界就认定了死亡的终结，虽然大家都不太清楚这项技术的具体操作方式。各种宗教的信众都感到巨大的不安，他们眼前很快就清晰地出现了一个女人，向他们承诺在现在生活的地方，这个长期被遗忘的天堂，就可以实现永生。这个女人取代了一神教信徒信奉的最后一位先知。我把新先知和世界第一大公司主席的头衔紧密结合在一起，做到了谷歌以前的那些主席梦寐以求的事情。晚上，和12位合伙人聚在会议室的大圆桌前，我觉得自己是在参加“最后的晚餐”的彩排，担心有人会因为我变成宗教狂。不过合伙人一致认为，我已经不可避免地升格为偶像，必须准备好承担公众人物的重任。而且，他们提醒我，在我之前的先知都不曾掌管地球上的每个人的生死大权。现在，通过吞并谷歌，我们直接掌握了所有个人的数据。这是让人复活的前提，也是我们控制谷歌的一大原因。现在人类的数据资料在我们一家公司手中，只有我们可以决定谁能永生。从来没有人集中过这样的权力。不过，我们会用好这些权力。另外，不要忘记我们正在拯救人类，避免已宣告的末日结局。我的想法是建立一个好的独裁政权，这一点我不否认，不过我们必须对这个词的新含义取得共识。

警方没在瀑布下游的河床找到我的遗体，案件既没有结案，也没有审判。冰岛司法机构放任案子悬而未决，因为他们既无法给我定罪，也不能宣告我无罪。

有时候，经过长时间准备的重要项目的成功会把你淹没在成功感之中。我的计划，我们的计划，执行得异常完美。一个女人完成这样的壮举，这更加令人意外，特别是那些嘴上不说但期待看到新先知以男性形象出现的人。信息传播史上没有哪条新闻受到如此关注，被如此评论和分析，差不多快要淹没世界第一大企业被冰岛初创企业吞并的新闻。

我的第一个正式访问对象是谷歌的领导层。谷歌主席是一个身材消瘦的年轻人，瘦骨嶙峋的脸很苍白。他摆出令人困惑的中立表情，既没有表现出善意，也没有恶意。他只是不敢相信。我坐在他对面一把上世纪70年代风格的转椅上，看着他走过来，他微微地歪着脑袋，绕着我走了一圈。我觉得他想说一些不敢说出口的话。他用行动代替了语言，把我坐的转椅像陀螺一样转了一圈，然后突然停住椅子。他不敢碰我，但是靠过来闻我的皮肤。这个男人毫无疑问是个天才，不过他在自己的防御体系中没有预设如此难受的一天。他突然直起身，说：

“我得向您提交辞呈，对吗？”

我朝他友好地笑了笑：

“恐怕是这样。”

他低下头。

“我个人肯定很沮丧，不过您无法想象这个消息让我多么震惊。我们没有落后太多，但是我们可能选错了路，我们更青睐全新的人格而不是将现存的永久保留下来。我们赌的是新人类，您证明我们赌错了。您通过证明人类自带永恒性的种子来保持人类的现状。我不想挑起论战，不过我想不通您是怎样避开耳目开展您的项目的，不论是我们还是情报机构都一无所知。这么密不透风，真是太神奇了。我查过，我们对您离开谷歌后的情况一无所知，我们认为您进入谷歌更多是为了创立‘透明’，您的婚姻控制所——请允许我使用这个称呼，而不是为了日后关于超人类的研究。另外，您离开的时候，我们也没有试图挽留。”

他突然停下来，仿佛突然想起了什么事情。

“我明白您的系统。只有传输了足够多的数据的人才能复活，原样重组，而且他的品格要符合你们的规则，这些规则显然是你们自行决定的。”

“自行决定？不。这些规则以特定环境下对社会生活的尊重为基础，除此之外，没有更多的要求。”

“可是您想过吗，这些规则的首要条件就是个体要足够透明，传输足够多的数据？您这样会把那些因为职业需要必须保持隐身的男男女女，比如说安全部门、情报部门的特工排除在外。您的项目什么时候投入使用？”

我想了一会儿，然后回答说：

“5年之内，我们就有能力处理所有已经死亡的入选者，将他们复活。”

他的眼神游离，仿佛想逃离这个房间：

“不幸的是，到那时，我们这个物种可能已经灭绝了。气温不断升高，我并不认为人是唯一的责任方。我们必须面对可能发生的人类灭绝。我们的区别在于，我不再相信人类。我觉得进化没有往好的方向发展。上帝并没有死在奥斯维辛，死去的是人类。而您对这个样子的我们还心存温柔，不是吗？我不信任生存至今的人类，他们在科技方面毋庸置疑的优势使他们有能力创造新人类，更完美的，源自人工智能的物种。我们距离这个目标已经不远了。不瞒您说，我们打算保留旧人类的核心成员，把他们的数据信息移植到新物种体内。”

“我猜那全是谷歌的领导吧？”

“是的，是我们，没有他人。我们是下载出来的新人类的首领，不再有生理和心理上的弱点。您打算把新集团的总部设在哪儿？”

“冰岛。”

“您不担心那里不久以后会变得很热吗？”

“您知道这个地球上有哪个地方不热，又有哪个地方不会变得越来越热吗？所以我认为人类在生理层面是无法提高的。任何基因操纵都无济于事，都不能挽救走向灭绝的人类。我也不认可你们人工智能的研究方向，一个全新的人，一台拥有机械移动能力、有感情的电脑，那是另一个物种，不是我们人类。你们在升级改造的人类和纯粹的人工智能产物之间犹豫，而我们坚定地放弃了无限延长人类生理寿命的方案，用真实的人格塑造人工智能。我们之间最大的差别是，你们的超人类计划只看重人的智力水平、技术能力，以及智力和能力在新市场应用的能力，你们不喜欢人的个体特点，你们对灵魂一窍不通。你们的气节和善意完全流于表面，虚伪娇弱，你们不能忍受人的不确定性，宁愿选择只会冰冷地服从命令的电脑。你们只等着一件事，那就是让它帮你们摆脱人类，用财富比拼阻止人类自我价值提升。你们的超人类主义是绝望的、认为人类要灭绝的主义。我正好相反，我希望让今天活着的人们在明天获得永生，只要他们在尊重他人和环境的社会中和谐生活。你们是在模仿纳粹的优生学手段，你们想要一个纯粹的、完全依靠科技的新人类，而我只是让人们回归基督教的本源。人文主义者曾经尝试过，尽管他们成了教会的最大反对派。

“开辟了绝对知识的道路是谷歌的天才之举，但说到底它只是成功的商业机器，这也是它的弱点。你们实力超群，体现在懂得利用表面的温柔，无限扩展控制的领域。我们和《1984》里的暴力不同，相去甚远，因为人们感受不到任何限制，绝对是自愿被奴役。你们迎合人类的急躁情绪、虚假的自由感和对个体力量的错觉，而让思想伟大的东西不复存在，一切都简化成满足服务对象及其无限发展的理性。跟着你们走的话，人类不会走向永恒，而是逐渐消亡，因为失去了基本的优秀品质，人类的文化将被连根拔起，因循守旧，随波逐流。本想一劳永逸，不再互相交流，可是他们却总是在发送信息。他们总是被远方的大海吸引，忽视了身边的亲朋，他们只剩下一种文化，就是你们的文化。控制你们的公司，成为世界上最有权势的女人并不会给我带来什么，我只想还给人类尊严、思想、自由意志、梦想和非理性，让人类走出旋涡。他们被吸进去之后不想别的，只想不停地消费，让已经数额惊人的财富继续增值。”

“我猜，我应该没有资格进入您的项目吧？”

“恐怕是这样。我想象不出您在一个更美好的世界有什么用处。不过我不会把婴儿连同洗澡水一起倒掉。数字革命给人类带来了很多，却不承认夺走了人的特性。因为数字革命是为了了解而执着地去了解一切，但不是去理解。如果任何思考和批判精神都不能和知识联系起来，如果了解自身需要通过算法，而算法最终会把人标准化，变成一个样儿，那掌握千倍于史前人类的各种技能又有什么用？这是一种欺骗，是我要谴责您的地方，也是我不能原谅您的原因。”

他瘫倒在椅子上，随后开始召集他的员工。

“我想过有一天会被董事会开除，但是没想到来自外部的控制力……会判我死刑。不对……是让我不能复生。”

“这不是我的个人决定，而是您特别喜欢的算法的决定。您只相信复活？”

“我没有认真考虑过。”

“我们想变成上帝本人的时候，是不会抛开这种推测的，对吗？”

“我必须承认，现在您告诉我，我不再会有来生，这让我十分难过。我觉得自己不应该受到这样的对待。”

“从现在开始改变您的死亡，真诚地悔过自新。我不能给您打包票，不过您以后可能会符合入选项目的标准。”

“我怕自己没有能力去改变，不知道自己还能变成什么样的人，而且是永久的，您觉得……”

谷歌投资人在媒体上散布谣言，称“无尽”公司因为内线交易面临司法调查。不过，和我们作对的恐惧感击碎了这些空想的企图。

我们制造了巨大的冲击，因为时间观念彻底变了。迄今为止，人类文明都在努力压缩时间，满足焦虑。突然，另一种前景出现在凡夫俗子眼前，原本他们在强迫性焦躁中最多度过百年，其中三分之一的时间在走下坡路，看着自己的身体和大脑日复一日衰老、迟缓，虽然技术改变了这种渐进式的消亡。正如我之前提到的，大自然选择了繁衍和传承，如果人类值得信赖，这项计划很完美，然而最终还是要根据人类的真实状况进行调整，从根本上改变人类进化条件。我们让大自然服从我们的法则，再次服从人类的法则，不过这一次是为了保护它。另外，人们也重新启动了太空探索。

舱门打开的时候，我被大风吓了一跳。那是双翼电动直升机的螺旋桨带起来的旋风，这架直升机刚刚把我送到白宫。美国女总统按照国家元首的规格迎接我，一切都必须遵照外交礼仪。几天前，我们宣布“无尽”和谷歌合并后的新公司继续使用“无尽”这个名字。美国总统威廉森在台阶下迎接我。她是非洲裔美国人、墨西哥人和白人的优质混血。她的白人祖父因支持白人至上的行动而出名，不过性冲动把他推向了一名黑人女子，一番思索之后，他觉得这与白人至上的理念并不矛盾——如果他把性看作一个种族对另一个种族的统治形式。萨曼莎·威廉森是前总统唐纳德·威廉森的夫人，因为她的名字比她丈夫的名字更有号召力，能得到更多选票，她很自然地接替了她的丈夫。和他一样，她也在选举中和谷歌紧密合作，谷歌帮她把每一位选民的想法、意愿和希望综合起来，然后她装模作样地回应每一位选民。谷歌为她的当选立下汗马功劳，具体的细节，我非常清楚。数据分析显示，唐纳德·威廉森在第一个任期结束时人气下滑，不足以谋求连任。而他的夫人，也就是第一夫人可能获得更多的选票，但是仍然不足以胜选。谷歌的算法显示，如果唐纳德·威廉森背叛妻子，和一名男性传出婚外情，萨曼莎·威廉森就能利用受害者的身份获胜。总统出轨白宫新闻处男职员的行为被生生捏造出来。绯闻不是真的，不过这样的情景让人们开始同情第一夫人，后来她宣布自己有男性的特质，但并不想去除，她在内心深处认为自己的本性是女性。这些信息的披露也是谷歌政治部门一手策划的。这个部门可以精确预测选票，2亿级别的选票，误差可以控制在2000张以内。就这样，过去曾是男性的唐纳德·威廉森总统成了打破男女性别界限、在两性间摇摆的女总统的“第一先生”。

我觉得萨曼莎很漂亮，很有魅力，智商也比她丈夫高。我说不上来为什么会觉得她很有吸引力。我和很多人握手，看一众男女怀着私心谦恭地向我欠身，之后，女总统邀我共进午餐，这是繁文缛节之后理所应当的片刻安宁。

“现在，我们是这个世界上最有权势的两个人了。”

说这句话时，她试着用微笑否认话中暗含的竞争之意，然后补充道：

“您已经领先了，我对您十分钦佩。没想到您出手这么快，而且充满睿智。您夺取谷歌控制权的手法太精彩了。有的人很懊恼，想撤销这次交易。”

“以什么理由？”

“内线交易。您利用只有您自己掌握的信息，吞并了这个巨头。”

“什么都不会发生。调查员、法官，所有人都怕选错入口，被‘无尽’的程序拒之门外。”

“我们曾经有核武器的威胁，现在您有了更好的……”

“我并不想滥用这种权力。”

“是的，我猜您不会那么做，但这也是一种依靠恐怖维持的平衡。为什么要控制谷歌？”

“因为他们的行动会把人类带到万劫不复的境地，就像我们经历过的那样。肆意操纵基因，增强血肉之躯，用特别的优生手段改造人类，他们是在矮化人类，把人类变成机器，虽然很智能，但始终是机器。他们在机器人和人工智能领域的战略也是要用机器取代人类。这一切都发生在由血肉之躯组成的人类遇到繁衍难题的时候。到本世纪末，地球上可能只有人工增强的生物克隆人和比我们聪明的机器人，他们梦想创立自己的社会，把我们排除在外，或者把我们变成跟您的祖先一样的奴隶。20多年前，我在谷歌工作的时候，就发现他们对人类、对人类的不完美充满憎恶。你们美国人把最初由军队开发的这套新型交流系统变成了数字革命和新经济的驱动力，并打算在新经济中继续称霸。可是，看看今天的谷歌，它不再是美国的企业巨头，而是一个国家。其他国家纷纷向它派驻大使，中国政府很早就把谷歌当成比美国政府更重要的谈判对象。离开它，您就不能在大选中胜出；离开它，您也不能治理国家。

“我父亲经常对我说加缪一句的话：‘是人，就要懂得克制。’”

女总统的脑袋稍微向后靠了一下，好像这句话触动了她，但却没有触动她的灵魂。我继续说：

“您想让人们相信您信上帝，然而您只信钱，而且您拉着全世界跟您一起陷入巨大的虚伪。全球化让我们得了癔症，大量生产化学品，种类从1970年的300种上升到现在的1000种。我们改造了我们的生存环境，以至于不得不改变自己来适应新的环境。我摧毁了所有导致环境崩溃的经济部门，对此，我一点儿也不遗憾。”

谈话进行到这儿，管家送上了前菜。我做了个手势，表示我不需要。

“您不吃吗？”女总统好奇地问。

“不吃，也不喝，也不用排泄任何东西。”

“是啊，我忘了。作为一个法国人，您应该会想念厨房吧。”

“我以前很喜欢烹饪，将来我也会继续为我丈夫下厨。等他死后复生了，我们就可以把家里的烹饪书扔了。”

“那么，性生活怎么办？”

“一切照旧。感官照常工作，唯一的差别，不过也是很显著的差别，就是没有任何限制。”

“真不错。那您睡觉吗？”

“不睡，我不需要睡觉。生命的长度变得不受限制，而且每一天的时间也翻了倍。”

“您晚上做什么？”

“看书，工作。”

“您还没告诉我成为‘无尽’项目受益者的条件。”

“第一个条件就是输出了足够多的数据。我们需要几十亿条个人信息，才能复制一个人，在所有方面都一模一样，不仅是智力能力，还有脑神经连接、感知能力和灵魂世界。这些，我们的算法都能做到。”

“然后，需要很多钱，不是吗？”

“您错了。剩下的条件并不是歧视性的。”

“那是什么样的条件？”

“社会技能和道德品质。”

“哪些技能和品质，您一个人说了算？”

“不，条件是我和我的同事一起制定的，将来只有他们和算法决定哪些死了的人可以重新回到这个世界。他们会考虑影响个人的因素，特别是会让人误入歧途的童年创伤。不过我们优先考察的是个体为保护环境所做的努力，他是否会为了地球而减少自己的碳排放，过简单的生活，这并不难计算。有些人放肆狂妄地活着，耗费相当于10个人，甚至100个人所需的资源，这些人终将受到应有的惩罚——他们毫无益处的人生将自然终结。我和我的同事们组成了一个社团，25年来，我们在一起隐居，不会让任何人染指我们制定的入选条件。”

“那谷歌呢？”

“谷歌以后不叫‘谷歌’，叫‘无尽’，公司总部将以公国的形式设在冰岛。”

“为什么是冰岛？”

“因为冰岛一开始就接纳和保护了我们，而且天气足够寒冷，至少现在是这样的。全球变暖不断加剧。很快，我们就得迁移到更靠北的地方。过去，美国是真正的世界领袖，既有‘道德’威信，更有军事威严，靠信心或者实力就可以强行推进变革。2019年前后，科学界形成共识——气候变暖，地球和人类面临日益严重的危机。而且，毋庸置疑，我们在经济发展上毫无节制是导致危机的主要原因。人们大多不相信或者至少不愿看到自己的生活方式受影响。我们身上的某种动物本能会让我们缩小认知范围，保护固有的习惯。政治伟人之所以伟大，是因为他们能让人民相信他们是伟大的，而且能说服人民公共利益不是个人利益的总和。撒切尔做到了，肯尼迪做到了，戴高乐也做到了。戴高乐更是拿出了过人的勇气，因为当时法国刚刚走出历史上最卑微的时期。特朗普，这个‘宣扬白人至上的印第安人’当选后，一切都在倒退。他主动迎合一些国民最卑劣的本性，这些国民占比相当大，他们灵魂中酝酿、发酵的东西都被他激发出来了。比起让美国再次伟大，他更想让那些被他这种伪君子骗了几百年的可怜虫再次伟大。我和您都是在他的第一个任期出生的。一切的起因只是一场闹剧。大量舆论宣传成功地把这个奸商的败绩变成美式成功的范例。他没能聚敛肯尼迪总统的父亲或者洛克菲勒那样多的财富，便藏起商场败绩，拿出大部分资产，只为变成一个名人，实现一个承诺，这个承诺就是把房地产奸商变成真人秀演员，再变成世界第一大国总统。这一切发生在世界历史的转折期，人类第一次清楚地看到破坏生存环境会引火烧身，自取灭亡。情况十分紧急，但他却想好好玩一下自己的新玩具。他自己都不敢相信能当选总统，不过他的一个盟友帮了大忙，为了把‘倾向于’东方的投机商送入白宫，这个叫朴京的盟友暗中破坏艾琳娜的竞选。当时有人说，他派人录下了未来的美国总统在莫斯科酒店寻欢作乐的场景。一些女孩受雇来满足他自甘堕落的性幻想，在他头上拉尿。这种操作还有一个美丽的名字——‘金色淋浴’。是不是虚假新闻，这不重要，每个人都会尽其所能扑灭自家的火。

“说到火灾，加利福尼亚旱情严重，然后烧起来了，成了真正的火灾。数十亿公顷森林烧成焦炭。这么明显的天灾警告，特朗普根本不想了解，他把房地产商的自负变成了政治主张，‘我’字当头，美国第一。他就像语言能力彻底消失前的老人，只会反反复复说几个词。后来，这个世界上最有权势的气候怀疑论者走得更远了。为了应对森林大火，他建议砍掉加利福尼亚和其他地区的树。面对海平面上升的铁证，他宣布几个月后在海底进行前所未有的核爆炸，在地壳上炸个洞，制造巨大的断层，吸收两极地区消融的冰水。他满心欢喜地认为这样可以一举两得，涌入地球深处的水可以降低地下岩浆的温度，阻止火山喷发。

“这场闹剧原本会持续下去，人们每天都可以读到‘国王’的疯狂逸事，然而他的第二个任期中间发生了一起令人难以想象的悲剧，闹剧戛然而止。当时，特朗普被邀请去欧洲为美国企业发明的杀虫剂‘杀得快’做宣传，因为气候变暖导致蚊虫肆虐。这个产品和可口可乐、麦当劳、肯德基一样，代表了美国的聪明才智。这三家食品公司宣称可以先让美国人后让所有文明国家的人进入幸福的肥胖时代。几年前，孟山都被德国化工巨头拜耳收购，这让特朗普特别难受，他一如既往地固执，孤军奋战，要用美国工业的拳头产品——陶氏化学的新产品还以颜色。陶氏化学曾经用凝固汽油弹让越南人品尝了美国制造的厉害。

“和往常一样，他乘空军一号旅行。美国印第安人亲切地叫他‘大红胖子’‘印第安白人’。他们应该庆幸特朗普不是19世纪的美国总统，否则他们活不到现在。抵达后，按照外交礼仪，特朗普要挽着夫人走下飞机的舷梯。总统夫妇下到第四级台阶的时候，一阵狂风把他的头发吹乱，他只得松开栏杆，用手去捋头发，恢复标志性发型。可就在这个时候，他滑倒了。他想抓住第一夫人，可是她松开了他的手。官方说法是怕被他拖着一起摔下去，他摔得很惨，翻了好几个跟头。摔到底以后，总统挣扎着站起来，这是人的正常反应，不过又跌倒了，颅内出血使他瘫倒在地，爬不起来。他失去意识，昏迷了两天。这两天媒体实现了肯尼迪遇刺以来最高的收视率。广告费率从来没有那么高过，整个世界都屏住呼吸。后来，总统终于脱离了昏迷。于是又有了一个新的悬念——特朗普能否完成任期？几个星期后，有消息称磁共振检查的结果显示他两耳之间没有脑体，只有棉花，是很久以前亚拉巴马州黑人采摘的棉花。

“‘推特狂人’再也不能管理国家，甚至都管理不了自己的膀胱，这成了显而易见的事情。这时，总统摔倒的画面引发了激烈的论战。显然，他的夫人没有采取任何行动阻止他跌倒。非但如此，播放速度放慢到十亿分之一的画面显示，当危在旦夕的丈夫想拼命抓住她的手臂时，她不仅把手臂往回收，还像巧妙地用手改变球的方向的足球运动员，偷偷使劲推了他一把。这个下意识的动作是被欺骗、被侮辱、被践踏的女人对丈夫接二连三的性丑闻的回应吗？谁也无法确定。

“被脑损伤的‘光环’围绕的特朗普成功避开了所有针对他的起诉。一些阴谋论者甚至怀疑他和医生串通好了，装成这个样子。我的推断是这个玩弄政治的机会主义者利用真实事件，也就是舷梯事故，巧妙地摆脱他不再觉得好玩的职责。其实他从来也不觉得这些职责好玩。他参选是想证明他代表的狭隘的、令人恶心的民粹主义对长期受压迫的美国底层民众来说是一次机会，让他们觉得终于有人代表他们的利益了。他们能够自由表达观点，谩骂给他们准备的几头替罪羊罢了。把他当提线木偶的工业财团对此满意得不得了。这些令人尊敬的基督徒聚在教堂里，不论是天主教、路德宗还是福音派，都是一棵树上的分支。他们把总统宣誓用的《圣经》踩在脚下，那本书只知道倡导仁慈和苦修。他们大吃大喝，吃出肥胖症。他们把自家附近的麦当劳当成文化中心，在那里举行免费活动时吃到吐。酒足饭饱后回到家，打一针胰岛素就上床睡觉，第二天又回到田里工作，之后日复一日地在密西西比河畔无边无际的玉米地里劳作。作物、肥料、杀虫剂把河水搅得臭不可闻，河水流入墨西哥湾，把海湾变成了‘死海’。他们的生活方式完全背离了《圣经》的教义，这让他们产生了一点儿罪恶感。特朗普帮他们摆脱了这种感觉，然而出于某些我们搞不懂的迷信，他们还是坚持去教堂。其实他们长期以来只信一个神，那就是市场之神。人类在对地球资源进行肆无忌惮的掠夺，远远超出了自己的需要：石油变成了塑料瓶，世界各地的河流把这些遗弃的塑料瓶冲进大海，形成巨大的污秽浮岛。两极地区的浮冰整块崩解，坠入大海，融化成水。地球正在走向毁灭，气候破坏论者做着天大的蠢事却在幸福中沉沦。同一时期，拉美某国也选出一位悲喜剧男主角式的总统，彻底毁坏了‘地球之肺’亚马孙雨林，让我们直到今天都在承受这个恶果。”

萨曼莎听得津津有味。和很多培养出数字依赖的同龄人一样，她得了一种世纪病，时间空间识别障碍。她可以不借助GPS在地图上找到美国，但要在历任美国总统中找到特朗普，她得花不少功夫。不过，到目前为止，肯定没有人跟她说过，在特朗普的任期内，人类对工业的贪婪和服从达到了顶峰。美国在历史上第一次毫不掩饰地接受了自己的本来面目——专横、独断、傲慢。

女总统开始享用午餐，每吃一口，她都会温柔地微笑。

“能不能在生前就进入‘无尽’项目？”

“不能，”我斩钉截铁地回答说，“我对自己这样，是为了向全世界证明我们成功了。但是以后，每个人都必须等到死后才能复生。这和信徒的宿命差不多，怀着复活和永生的希望死去。”

“大家会了解入选你们这个项目的条件吗？”

“哦！当然，这是肯定的。我们会出一本书。”

“新的《新约》？”

“不，不死的人并不需要这些。”

“不过，这种永生还是偶然的。要是一枚导弹击碎了一副‘无尽’之躯，那会怎么样？”

“我们有这个人的数据，只需要几天时间，就能把他原样重组出来。”

“要是你们的数据库被破坏了呢？”

“我们尽力避免它被破坏。”

“你们能修改项目参与者的性格吗？”

“技术上是可以的，不过我们禁止自己这样做。我们只复活我们认为不需要修改的人。”

“那其他人呢？”

“没有入选项目的人可以继续生存和繁衍后代，如果他们能做得到的话。如果他们的孩子比他们优秀，孩子就可以申请加入这个项目。不过，我们在私底下这么说说，像我们先辈那样的繁衍已经结束了。人类已经告别生物学。”

女总统盯着我，然后垂下眼睛说：

“我希望你们的入选条件会尊重种族平衡。”

“我没有考虑这个问题。”

第一先生，也就是女总统的丈夫、前总统走进了房间，生硬的笑容暴露了白得与他的年龄不相符的牙齿。他穿着白色长裤和深蓝色夹克，夹克的金色纽扣上雕刻着精美的船锚，身上的香水味超出了我的嗅觉承受力，稀疏的头发服帖地从额前梳到脑后，但并不足以遮掩他的秃顶。他脸上有一些厚厚的斑块，还有一对褐色的小眼睛。他的夫人请他坐下。

“地球上最有权势的两个人就在我眼前，对吗？问题是谁是或者将会是最强大的那个？”

女总统回避这个问题。

“我们不是这样开始讨论问题的。”

后来，我不得不给这个表现得和蔼可亲的男人重复我向他夫人解释过的话。他显得很吃惊，或者说他装得很惊讶。不过很快，他就问到了和他相关的重要问题：

“您觉得我可以入选‘无尽’项目吗？”

一开始，我试着分散他的注意力：

“我没有您的数据，所以我很难判断，而且做决定的是算法。”

“如果就这么估计一下，您会做怎样的判断？”

我开始看地面，我看到一块厚实的地毯，之前我一直都没有注意到。然后，我突然抬起头：

“恐怕您不会入选。”

他从椅子上弹了起来：

“我希望您是在开玩笑。您想想，以我的财富，想复活几次应该都不成问题。”

“这就是变化，金钱万能的时代结束了。‘无尽’不是一个新市场，不是来取代它在资本市场出现后立刻垮掉的那些旧市场。导致生态崩溃的金钱独裁结束了，我认为您是特朗普之后最糟糕的总统之一。您和他一样，唤醒了沉睡在人们身体里的最糟糕的部分。您在人类历史中已经有自己的位置，也许不是最好的。但我在永恒世界里看不到您的位置。要是一个人有您曾经有过的权力，又像您那样滥用这种权力，他怎能奢望这样腐坏透顶的人得到永生？”

他涨红的脸说明他在克制愤怒。我继续说：

“您要是还在位，肯定已经发射导弹摧毁我们的设施。不过我向您保证，我们早就想到了，所有设备分散在世界各地保存，非常小，难以抢夺，而且杀了我也无济于事。”

他终于忍不住，放出恶言：

“您一定是信心满满才敢这样跟我说话！”

他站起来。

“我注意到了，不过风水轮流转，您知道……”

“我更知道它转得不正常。”

他什么也没说，离开了房间，步履并不匆忙，以免让人觉察出他的怒火。我看到他扭曲着脸，勉强挤出一丝笑意。

他在任的4年是美国历史上最糟糕的4年。他夫人和我一样心如明镜。

他出去以后，女总统阴沉的脸逐渐舒展，甚至开始发亮。我感到她在暗自开心。

“和他一起生活直到他死的那一天，想到这一点就让我……要是还要陪他到世界末日……”

“以后不会有世界末日的。”

“我了解我自己。所以，我猜您同意我进入您的项目。”

“如果您像任期开始时那样保持下去，我找不到理由拒绝您进入不死者的行列，总统女士。”

她双手交叉，低声说：

“所以大权在握的是您。”

我也低声回应：

“我不会滥用这个权力的。”

午餐结束了，我们站起来，她用双手搂住我，趁我毫无防备之时，亲了一下我的嘴唇，然后往后退了一步，惊讶于自己的大胆。

“我只是想知道……跟您直说吧，我担心这是塑料味或者说不上来的合成物的味道。”

“我们忠实地还原了材质、味道和气味。”

“太了不起了！”

关于我的消息传遍了天下，埃尔法却不肯给我任何消息。我知道他在回家的路上，他肯定看到或者听说了关于我的事情。媒体的关注处于白热化状态，我继续躲着。返回冰岛租用的直升机直接降落在我家院子里，以避开人们的视线。大大小小的无人机悬停在空中拍摄，拍到的画面将在各大媒体循环播出，保持对这项将永远改造人类本质的科技突破的关注热度。我的助理帮我婉拒了两千多个采访请求。对我的个人崇拜在世界各地蔓延开来，人们对即将出版的书有多期待，对我个人的好奇心就有多强。书里的建议会启发那些向往永生的人改变行为方式和人际关系。已经有人把我当成崇拜的对象，一些新成立的团体为我——人类的救世主祈祷。与此同时，一些原教旨主义者因为失去财源而愤怒不已，烧掉我的画像，还发出死亡威胁，根本没有意识到这种威胁是多么老套和过时。他们不过是一小撮墨守成规的人，虽然我还没有解开世界起源和无限宇宙的奥秘。

从现在起，征服宇宙成了可能。我们可以探索银河系以外的地方，一些在混沌和剧变中诞生的星球。在那里，强风带走了极端气温。不再受生理限制的人可以一直在太空里遨游，体验引力场以外的自由，从容面对失重状态。死亡消失了，这种实质性的减压已经为人类提供了类似体验。我对太空探险的设想和以往那些公司很不一样，他们唯一的目的就是获得新财富和新的原材料资源。此前的太空探索大多超出了科学研究的框架，变成寻找新星球，满足人类贪欲。21世纪初，一些科学家把西方人的生活水平折算成需要消耗的星球数量。在极端物质化、崇拜物质的文明国家，物作为手和脑的延伸，有数不清的形式。要满足这些国家的畸形胃口，必须消耗几个星球。然而，这样的星球，我们一个都没找到。踏上火星，探索红色星球并没有给我们带来任何东西，除了证明生命起源于一系列极为偶然的事件。生命的逝去显得概率更高，这让它变成了如同春天的花朵一般脆弱的小东西。长期以来，大自然向人类输送了无穷无尽的病毒和细菌，威胁着人类的生命，人类这种思想发达的物种很难接受这种脆弱性。人类先是自我保护，到了20世纪，变成破坏大自然。此时，人与环境融合的丧钟敲响了，一切都发展得异常迅速。拥有不死之躯、对射线毫无感觉的个体开始探索宇宙，这可以使我们进一步了解生命和生命诞生的条件，不论是在这里还是那里，或是在数十亿颗组成不断扩张的宇宙的行星中的任何一颗上面。也许在某个地方，生命演化时也产生了某种意识体，我急切地想知道其他意识体是否也走向了奇特的自我毁灭。

在我们毫不知情也毫无证据的情形下，地球经历过数次灭绝。最让人吃惊的是知道这些以后，我们仍然没有改变方向，继续走向灭亡。高谈阔论的人类，难道从来没有汲取过任何教训？

金融危机的受害者对我的恨意与日俱增，他们所在的市场迟早要被淘汰。我们的项目只针对过世的人，因此逐步淘汰的过程需要50年，不过，可以肯定的是，在这几十年间，没几个人会继续进食、喝水、取暖、用空调、睡觉。相关经济部门必然会受影响，直到彻底消亡。

“你们把市场变成了可以随意伸缩的蛇，你们崇拜它，直到把自己变成它的奴隶，然而就像驯服了最危险的动物的驯兽师，他还是不能排除被动物反扑的危险。你们崇拜增长，必然会经历衰退和消亡。”

我从不现身，只通过声明预告新秩序到来前的混沌。人们还无法设想新秩序的样子。只有先知才会表现出恐惧和满足感。

虽然重组复杂的大脑花费的时间比预期长，但在早期人工智能研究阶段，人们就预见了可以把人体从活性物质转移到惰性物质。惰性物质完全没有活性，却能避免人的二次死亡，还可以促成新的生命。我一直受布莱瑟·帕斯卡[①]的才思影响。他认为人既有包含了几乎所有理性思维的“几何精神”，也有面向艺术、感知和灵性

① 布莱瑟·帕斯卡（1623—1662），法国数学家、物理学家、哲学家。

的“敏感精神”，这种精神直接塑造了人的灵魂，这也是个人魅力和独特个性的体现。重组“几何精神”并不是最复杂的工作，这是数字技术最擅长的工作；但“敏感精神”对我和我的同事来说如同高墙。25年来，我们一直在撞这堵墙，况且我还要求个体能被原样复制，人的硅基克隆体要绝对遵照他的个体特征。

生物克隆其实是一个圈套，因为就算复制了细胞，也不可能回溯细胞交互的路径，特别是形成潜意识的交互信息，而主宰大脑的正是人们的潜意识。因此，我们要掌握组成潜意识的所有数据和元素，了解与遗传基因共同塑造儿童性格的每一条信息。儿童吸收外界信息，在心中留下痕迹，不加反驳默默忍受，从不驱除痛苦，直到痛苦变成无法愈合的创伤。这一限制要求我们对个体无所不知，特别是他与父母的关系和他的人际关系、成长环境。这是一项巨大的工程，需要处理数十亿条数据信息，我们不仅要处理研究对象的数据，还要处理和他有着或远或近的关系的个体的数据。录入这些数据，重现潜意识对个人意识和意愿的影响，相对来说就容易一些。虽然人对压力或者童年创伤的反应以及环境对人的调节作用都因人而异，但这些差异并没有大到可以推翻我们创建的模型。

研究“敏感精神”时，我们发现个体并没有多少自由，因为个体在童年时期就被家庭和社会环境定了型。这种熏陶作用还会在他以后的人生中显现出来，想控制他的喜好和观点的人都会觊觎这种作用。医学研究还让我们了解到，决定个性的那些大大小小的创伤，会在生理上改变大脑的运行，导致心理学难以渗透到非化学治疗中。我们可以模拟化学治疗的效果，甚至可以直接擦掉最痛苦的创伤印记。但这样做，我们就违背了自己的伦理规则——原样复制个体。我很快就发现了艺术家的特别之处，他们的优势神经元连接会放大创伤，做出富有创造力的反应。不幸的是，我们不可能复活在大规模数据搜集前就去世的人，否则，我一定会想办法探究巴赫、凡·高、普赛尔、毕加索、维瓦尔第和其他众多杰出艺术家的天才之道。

我们不能复活模糊不清的人格，所以只有一生中发送了足够多数据的个体才能成为计划的受益者，因为只有这样我们才能复制出他们的复杂性。位高权重的人早就心甘情愿，几乎疯狂地接受了数据搜集，因此满足了入选永生计划的第一个条件。但成千上万杰出人士抵制网络巨头，尽力保护个人数据，然而他们要为此付出高昂代价，他们和他们的肉体被彻底判处死刑，我们对此无能为力。

埃尔法就是这样的情况。他不爱说话，很内向，总是尽量减少自己的数据外流，就像其他人减少自己的碳排放。我们刚认识的时候，我就知道我的计划会走向何方，但我不想打破维系团队团结的誓言，那就是不能对包括配偶在内的任何人披露这项计划。尽管如此，我还是编出无数借口，让埃尔法传输更多数据，但他始终拒绝这种对他的日常生活、情感、生理和心理隐私的监视。芯片、智能手表、迷你电极，统统不要，他从不愿意屈从现代生活的必需品，哪怕是为了自身健康。后来我才知道，拒绝透明、把自己变成让人看不透的人，这种做法只会引起情报部门的注意，他们会加强对他的监控。他的情况并非个案。对外传输的数据低于某一水平的人会被自动判定为脱离社会，之后可能会被认为是持不同政见者，图谋不轨。任何形式的谨慎都会自动变成可疑行为。也许，埃尔法并不知道自己成了调查对象，调查的目的是想搞清楚他拒绝输出更多数据是否意味着他正在策划某个行动，或者只是忽视了这件事。不过无论是哪种情况，他都会被当作怪人。

在我闪电访问美国后，我们见面了。他远远地关注着这次访问，突如其来、近乎病态的知名度和媒体连篇累牍的报道让他很恼火。一些媒体找到了他，希望他谈谈是怎样成为先知的丈夫的，先知在短短几小时内就成了世界上最富有的人。我们的财富已经超过了几个大国的国民生产总值之和。不过，我并不在乎金钱财富，宏伟蓝图才是最重要的。

社交媒体上，每个小时都会铺天盖地出现有关我的消息。我从冰岛政府得到特许，媒体不能进入我的公司和我家附近的区域。国家元首的邀请纷至沓来。我开始体会到一夜成名被扒得精光，成为匿名人士疯狂关注的对象的痛苦。

回到建在悬崖边的家中，我慢慢找回了内心的平静，成千上万块碎片仿佛在重力作用下聚在一起，拼凑出了完整的我。我的脑海中立刻浮现出飘散在太空中的陨石聚成星星的图像。一切都将不再属于我自己，而我必须扮演这个角色。我一点儿也不想这样，虽然这是开展我的计划的第二部分所要求的。

我害怕埃尔法看到我的新皮囊的时刻。不瞒你说，我担心我俩之间已经减退的爱火会彻底熄灭，以至于我会和他彻底变成陌生人。我俩过去都很喜欢这栋房子里的宁静氛围，然而这种宁静让气氛变得更尴尬了。他看着我就像看着另一个人，他完全有理由认为我变成了另一个人。我只是变年轻了。项目参与者可以选择重生的年龄，不过外形不能与成熟后的长相相差太远。以8岁孩童的面貌重生的想法很可笑，也很不成熟，我们不希望看到这样的人加入我们。显然，我们很快就会宣布新人类不能做肤浅荒唐的事。我选择了充分成熟的年纪，40岁，平衡的心态会让我安然度过接下来的几百年。

我原以为埃尔夫会大声斥责我，没想到他只是对着我生闷气，怪我背着他谋划了一切，从来没有告诉他我的研究，更没有告诉他研究的结果会打乱我们的生活，把我们送到聚光灯下，而他想要的只是在暗处，在僻静的地方，被人遗忘的角落。

“埃尔法，什么都不会变的，我们继续像以前那样在冰岛生活。我一点儿也不想改变你的生活环境和研究工作。”

埃尔法的眼神愈发暗淡，他长叹了一口气：

“你知道你这几天树了多少敌吗？各种各样的敌人，被你改变了习惯和计划的人，情报机构、国家、教会、破了产的公司，他们都巴不得杀了你，可是他们做不到。要是他们听说我拒绝连接，我被重组出来的可能性是零，我就会变成他们的目标，用来打击你，影响你，要挟你。”

“他们不会知道的。”

“这不重要，反正我们已经变成这样了。你是被一些人尊重同时被另一些人唾弃的不死者，我是一介凡夫俗子，女王的丈夫，第一先生。你从来没问过我想要什么样的生活。你怎么能自私到这个地步？”

我被这些指责和其中包含的明显事实搞得方寸大乱。不过，与接下来的指责比起来，这根本不算什么，他觉得我要对儿子的离家出走负责，还指责我拥有监视个人的全部技术，却找不回自己的孩子。他用短短几秒钟就把我变成了光脚的鞋匠。我承认，他指责我无能，这让我很受伤，比他含沙射影地说我应该为儿子的离家出走和后来的失踪负责还让我受伤。

我们的孩子当时只有17岁，性格古怪，内心烦恼，难以在我俩之间生活。我是不是更在乎工作和自己的抱负，忽视了孩子，就像埃尔法暗示的那样？要是按他说的，我扔下孩子不管，用奢侈品和自由宠溺他，却没有给他作为孩子应有的关注，那这些年埃尔法又在哪里？他最后只扔下一句我无法回击的话：

“现在我知道你为什么对永生这么着迷，为什么忽视自己的后代。因为你不是一代人和另一代人之间的纽带，你是永远活着的，所以你在无意之间摧毁了你的后代。”

路易收集过很久毛绒玩具熊，后来，又收集跟这种动物有关的东西。他十来岁的时候，这个物种被猎杀，被高温折磨，濒临灭绝，保护北美地区的熊成了路易的执念。我和埃尔法也有执念，这些执念侵略性太强，把孩子都排除在我们的生活之外。我必须承认，我从来就不是一个称职的母亲，因为我不能理解“母性”这个概念。它似乎建立在温柔和保护欲之上，然而这两者我都没有。我努力让埃尔法爱我，他是我一生的挚爱，这样的真爱可遇而不可求。路易的出生就是爱的证明，爱的印记。然而他没有得到足够的爱，这是事实。他在我们的屋檐下感到压抑，于是不打招呼就消失了。我知道他往北走了，可能在胡萨维克登上了一艘去格陵兰岛的船。后来，他就人间蒸发了，就像赤道阳光照射下的晨雾。

当然，这只是我告诉埃尔法的内容。我知道他在格陵兰岛待了好几个星期，他想靠近白熊，可是那里已经没有活的白熊了。于是他搭船去了新不伦瑞克，他似乎是从那儿开始横穿加拿大的，一直走到温哥华，然后又去了爱德华王子岛。我怎么知道这些的？我可能不是世界上最好的母亲，但还是给孩子植入了芯片，以免失去他的踪迹，每位母亲都有权这么做。他和所有同龄人一样，时时刻刻自拍，相信图像是生活的证明，一路留下印迹比参加活动更重要。在一位同事的帮助下，我们入侵了他的摄像机。他的执念还是没变，还是熊，黑熊、棕熊、灰熊。多年后回想起来，我觉得他被熊的两面性迷住了，熊对儿童来说是温柔的化身，但它也有杀戮的能力。我知道路易旅行的目的不只是接近熊，而是要和它们生活在一起，被它们接纳，成为熊家族的一员。

他的所有经历都围绕一个想法——让这些被本能控制的动物放弃本能。我们思考一下就知道，这意味着驯服它们。这种行为既危险又毫无希望。当我意识到动物理想化的想法会害了他自己的时候，我想阻止，可他已经动身前往阿拉斯加了，接着又去了科迪亚克岛。那里还有一些熊，地球上最大的熊，身长接近3米。进岛两天后，他的芯片不再发射信号，摄像机也如此。我立刻派人搜索，但一无所获。我用卫星扫描整个地区，一厘米一厘米地找，还是没有任何发现。

路易寻找熊的行动，埃尔法一无所知。他一直在等儿子，相信路易意识到我们的担忧后会回家，为自己给我们带来的焦虑道歉。后来，埃尔法认为孩子彻底和我们断绝了关系，在相当长的一段时间里，他都在生孩子的气，因为他要承受儿子离去的压力。然而最近几个月，埃尔法开始相信路易已经死了，这种可能性已经相当大。我也曾想抱着一丝希望，一小团摇曳的火光，让自己不去经历漫长痛苦的哀悼。但要面对现实，芯片停止发射信号，就像沉入深海的飞机黑匣子。这个微型数据发射器本来可以抵御各种极端条件，酷暑、极寒、碰撞，但它停止了工作。我请扬，我的门徒之一，尝试连接路易的摄像机。就算处于非工作状态，我们也可以找到并修复路易拍摄时发射的信号。这个工作花了几个星期时间。扬先是骗我说由于技术原因不能修复。但我请他相信我，我考虑过最糟的情况，最糟糕的情况出现了，这并不要紧，如果我们搜索不下去了，那离最终结果也不远了。我深信他会重生，平静地看完最后的画面。这是必须的。

路易拍了很久他所住的地方。平缓的山坡底下流淌着一条并不太深的河。一些光滑的岩石露出水面，上面覆着苔藓。路易在距离河上游30多米的地方搭了帐篷。他选这个略高一些的地方显然与这里经常出现科迪亚克岛棕熊有关。特别是我们看到的这头母熊，鼻子朝天，带着两只小熊在河边转悠。它的体形大得吓人，但凡脑子清醒的人见了都会拔腿就跑。路易却在帐篷旁边看它捉鱼，捉逆流而上产卵后精疲力竭的三文鱼。三文鱼偶尔在水中翻腾，仿佛恢复了呼吸，提醒母熊它们的存在。母熊用相互挨得很近的小黑眼睛盯着鱼看，两只幼崽笨拙地上前抓鱼。这些熊好像对路易无动于衷。更有意思的是，母熊忽略了他的存在，当它转身看见他高兴地光着身子在河水分岔的高地洗澡时，清澈透明的眼神里流露出对男孩的怜悯。好奇的小熊靠近他，很快就被母熊制止了，母熊佯装进攻小熊，然后突然停住，仿佛没了后续的想法。棕熊一家天天在这里来回。一只年轻的公熊很想利用这个时机加入它们，被母熊狠狠地赶走，母熊追出去100多米。考虑到它的体形，它的速度相当惊人了。随后，它回到原来的地方，用锋利的大熊掌抓鱼。它对路易不理不睬的态度很难解释。这时，路易出现在拍摄远景的摄像机里，他从河里出来，用浴巾包住头。就在这时，熊到了河边，和路易同一侧。路易慢慢转过身，背对着熊，朝帐篷方向走去，顷刻间，熊朝他扑了过去。我没有看接下来的画面，不过被将近一吨重、奔跑时速能达到40公里的野兽袭击，他怎么可能活命。接下来，野兽怎么处置路易已经不重要了，反正他只是一具死尸。

狗总是待在埃尔法身边，和我保持着距离，埃尔法很快就注意到这一点。他什么也没说。责怪的话说完以后，他的脸色柔和了些，恢复了他的真实面孔，那种介于梦境、沉思和昏厥的迷茫面孔，昏厥是因为自己猝不及防走进了人类新纪元，而发起这场变革的女人和自己一起生活在这栋随时会坠入汹涌波涛的大房子里。他的眼神说明他根本不相信。他朝我这边偷瞟了几眼，眼神里透着疑问，他深深地叹气，吐出心中的不安，对历史的新篇章、对我俩关系的新篇章的不安。我想再解释一次，但他打断了我：

“我糊涂了，不过这不是最严重的问题。最严重的是我不知道你是谁，实现了梦想的疯子、空想家，还是完成了人类历史上最大抢劫案的女人？”

“最大的抢劫案？”

埃尔法不想伤害我，不过他还是继续往下说，像一个想一次性摆脱全部疑虑的人。

“什么东西能向我证明你是不会死的？没有任何东西。谁能向我证明你不是我几个星期前离开时的那个人？你变年轻了，那又怎么样？整容和人类革命之间，相差很大一步。如果你要这些阴谋诡计就是为了控制谷歌，制造世纪金融政变呢？真聪明，你做空那些被你的创新技术打垮的行业，然后用这笔钱并购谷歌。可什么都不能证明这一切是真的。你和你的小团伙怎么可能在超人类研究上领先世界巨头……”

“因为我们的研究方向是对的。埃尔法，人类疯了，完全疯了，现在我有能力让他们恢复理智。我们只会把人类带回他们本不该离开的地方，达到物质和精神的平衡。我只会打击疯狂行为，它已经成了规则，不容许任何例外。是，我是掌握了权力，我从以前掌权的人手里夺得了权力。金钱之神的时代结束了，美元之神的时代结束了，埃尔法，几个世纪以来腐化我们生活的所有的神，他们的时代都结束了。”

“你虽然这么说，但你清楚他们已经把你当成神了，能量最大的神，可以给人永生的神。你摆脱不了女神、世界名人的新身份，而我，并不想在你身边经历这些。我不是那种可以在聚光灯下生活的人，原谅我突然跟你说这些，我不想加入这个项目，我已经活够了。我们没有完成生命的传承，这对人来说可是非常重要的。上帝，我不是指你，是指真正的上帝，只有上帝才知道我们的孩子在哪儿，是活着还是死了。不过无论死活，他都躲着我们。让两个完不成代际传递的人永生，这就是你想要的吗？这毫无意义，一点儿意义也没有。另外，我还是现在就跟你说了吧，要是我遭遇不幸，我禁止你把我复活，你听到了吗？”

“就算我能把路易带回我们身边？”我没想到自己这么直截了当，这么突兀，完全没考虑我的话的影响，接着说：

“路易死了。在阿拉斯加，被一头科迪亚克岛棕熊吃掉了，他觉得那头熊跟他房间里堆满的那些毛绒玩具熊一样不会伤人。”

埃尔法瘫倒在地：

“你什么时候知道的？”

“他走了两个月之后。格陵兰岛，新不伦瑞克，穿越加拿大，北上阿拉斯加，然后是科迪亚克岛，巨熊之岛。”

“为什么你什么都没跟我说？”

“我在等，等能够抵消这个坏消息的希望出现。”

“对他，你什么办法都没有。”

“为什么？”

“因为他和我一样，一直反对发送数据。”

“我悄悄地给他装了传输数据的设备。虽然他反对，我想我们还是能把他重组出来。更何况他是我的儿子，他身上遗传了我们的基因，我私底下很清楚他的想法，他错综复杂的性格的形成，知道他神经连接的特点和心理细微的波动，知道他觉得和我们待够了的时候的感觉，因为我们的一切都是为了工作，为了成功，他在这里面觉得很压抑，甚至不想长大，拒绝承认自己已经长大。”

“可是，如果重组生命取决于人的价值，要选配得上的人，要根据不能随意改变的客观标准，那我们的儿子就不能入选。他是个有暴力倾向的孩子，吸毒，他恨你，恨我支持你。他什么好事儿都没做过。他一定是疯了，觉得自己能把野熊驯服得像毛绒玩具熊一样，把它们带进他的童话世界。这一切都是个悲剧。我们把这个孩子遗弃在我们自己的家里，他逃出去想组建另一个家，可是另一个家的成员把他杀死了。你的新世界里不会有很多像他这样的青少年。”

路易能入选“无尽”项目吗？我完全不知道。我没有决定权，否则我们又回到了任人唯亲、徇私舞弊的套路，这样的风险太高了，而且在算法决定不了的时候，坐在桌边有决定权的只有我们13个人。我要把脑子里的这个想法赶走。埃尔法突然提醒我他对入选决定权问题的关注，虽然之前我被问过很多次，但直到现在，我才明白言下之意是指我们的孩子的重生。

埃尔法去给自己倒了杯啤酒。实际上，他一口气喝了两杯，然后盯着我看了很长时间。他极其专注地看我的眼睛，然后用手指背抚摸我的脸颊，动作很缓慢。他用手指在我的唇边画圈，眼中的好奇突然熄灭了，就像他没了想法，然后说：

“你还是你，但是你不再是那个你。”说罢，他就走开了，去欣赏大海。我们俩都需要用它来填补空白和尴尬的沉默。通常，在没有这种壮丽景象的人家里，这种空白和沉默只能对着墙消解。他解开衬衣，敞着肚子，然后默默离开了房间。

写这段话的时候我才意识到自己掌握了任何人都不曾有过的权力，决定他人生死的权力。和那些凶残的独裁者不同，我不会剥夺别人的生命，不杀害任何人，只是不让那些不符合书中永生条件的人复活，就像《圣经》里写的那样。只是世上不再有天堂，不再有神的国度，只有为配得上的人准备的星球。天堂其实就在地球上。

我们的书即将出版，人们对这本书的热切期待超过了以往所有的文学作品。每个人都必须用自身情况对照作品里的内容，这样才能知道自己入选“无尽”项目的概率。他们会惊讶地发现其实自己或多或少都看过这本书。我这是要把原始的基督教义强加给所有人吗？从某种意义上说，确实如此。不过这种基督教和利用基督教的人相距甚远，我在梵蒂冈的访问证实了这一点。

有的地方，时间对它们无能为力。没有任何改变，既压抑又昏沉，这就是天主教总部给我的印象。教皇一脸猜疑，难掩内心的怒火，他用幅度很大的手势在空中画着圈，指着几乎空无一人的圣皮埃尔广场要我看。只有几个经常来的信众，上了年纪的老头老太太，迈着小碎步在这片曾经门庭若市的广场上散步。各种肤色的主教围着教皇，最年轻的也有60多岁了，最年迈的仿佛悬浮在生死之间。我觉得我的出现让他们松了口气，不过里面也混杂了敌意，其中一位凑过来想找找我和人类的区别，要在我的皮肤纹理和气味中寻找问题的答案，但他并没有把这个问题向我提出来。我在他们的眼中看到了波德莱尔对魔鬼的描述——“魔鬼的力量在于让人相信它并不存在。”教皇用生硬的法语跟我交谈。年轻时候藏得住的东西，老了往往藏不住。塌鼻梁的鼻棘、凹陷的脸庞、不怀好意的眼神诉说着他的个性。他用锐利的目光观察我，这种眼神毫无善意可言。

“您把自己当成上帝了，女士？”

这个问题直截了当，也很重要，我需要一点儿时间考虑。过了一会儿，我回答说：

“我觉得自己不太像教皇，更像是新的弥赛亚[①]。”

我微笑着向他指出弥赛亚以字母“e”结尾，完全符合阴性职业名词的规则。我补充道：

“上帝的话不能由女性传达吗？”

他只是撇了撇嘴，表示怀疑，权当回答。他望着光滑发亮的地板，眼神中满是厌倦。我趁机往下说：

---

① 弥赛亚，基督宗教术语，意指受上帝指派，来拯救世人的救主，法语为Messie，在法语中名词分阴阳性，阴性名词通常以e结尾。

“上帝不过是我们还不能破译的宇宙法则。既然这些法则注定把我们送入永恒，无论这个永恒是大是小，我们能做的，就是靠近上帝。在我看来，上帝绝不意味着完成，而是追寻。拥有不死之躯，我们就可以走向无限的未来，可是意义，不断扩张的宇宙里生命的意义停在了原地。”

“那么您是谁的先知？”教皇生硬地反驳我。

“我是基督说的话的先知。所有这些，《新约》里都有，可是为了教会的利益，为了实现和俗世政权的阴谋，你们曲解了《新约》。你们让强权、贪婪敛财的人和捕食者变成说腹语的人，无声传递只为他们服务的宗教，从而沦为奴役大众和思想意识的工具。现在，永生不再是天方夜谭。上帝和先知只是迭代而已。”

听了这番话，他们恬不知耻地哈哈大笑。

“您想成为正在被您毁灭的教会的先知。看看这个广场，门可罗雀，就像鼠疫时的情形。”

“因为现在是我、我的同事，还有我们的算法决定灵魂在人造躯体里的永生。你们的信众不相信你们了，对你们不再抱任何期待，最后审判的日子已经到了，他们很清楚这一点，我们将根据从他们一生中搜集到的复杂数据做出判断。在今后的一段时间里，其他人可以继续活着、死去，如果令人忧心的低生育率没能阻止他们，他们还可以繁衍后代。”

一位皮肤和长袍一样红的主教朝我走来，近到我都能闻到他酸臭的呼气。

“我的孩子，你们的标准是什么？”

“您很快就会知道的。标准和《福音书》差不多，只是更现代一些，基督自己都不会否定这些标准。要是《新约》确实是基督说过的话。大数的扫罗[①]和追随者只是按照自己的兴致编排。耶稣能在基督教义里认出自己吗？我们完全有理由怀疑。犹大的统治就要结束了，他的门徒的统治也会跟着完蛋。你们把真正的信仰丢给了狗，让人类偏离方向，远离了一种必定会成功的宗教的基本道德。最后一次爆发要追溯到一个世纪前，当时反文化的年轻人想修复基督的讯息，可你们又一次把自我宽恕当作精神安慰，任凭世界脱轨，走向末日前的毁灭。要是我没有重温《福音书》里的文字，改变人类的运行轨迹，你们就会成为末日的帮凶。”

一位身材微胖、比其他人更乐观的主教在众人惊愕之际走过来，贴着我的耳朵说：

“我想，照您说的，我们显然都不太可能获得永生的

---

① 扫罗（Saul），以色列进入王国时期的首任君王。因家乡为大数，所以根据当时的习俗也被称为大数的扫罗（Saul of Tarsus），悔改信主后改名为保罗。天主教廷将他封圣，提到他时常称圣保罗（Saint Paul），但新教通常称他为使徒保罗。

机会。再说了，就我所知，我们也没有传输过任何数据。”

他大笑起来，笑声很尖锐，然后走到同事后面。

按照计划，还有一顿午餐。我被安排在长桌的一头，教皇在另一头。大家吃了几口以后，气氛缓和了些，不过很快又尴尬起来，众人发现我什么也不吃。就像和美国女总统的“餐会”一样，我得解释因为功能不同了，所以我不需要睡眠、进食，也没有任何形式的排泄。一位饱受前列腺增生压迫膀胱之苦的主教认为这很方便。一位眼神调皮的主教一直默默观察我，笑着问我还剩下哪些乐趣，包括肉体的……我向他确认我们原样保留了性欲和性快感，形成的生理机制和生前完全一样。谈到了他被严格禁止的乐趣，主教抬眼望天。离我最近的主教敞开心扉，说自己一直害怕永生和必然与之相伴的烦恼。

另一位主教从我一进门就默默观察我，看起来想揭露骗局或者找到我身上的邪恶之处。他在陈述自己的结论时并没有看我，就像法医在宣布尸检结果。

“我们完全有理由相信，”他用私下交流的口气对同伴说，“天底下没有新鲜事。我在想她是不是和数字革命时代的人一样，属于某种诺斯替教派，最早的分裂派系之一。我们教会见识过，也战胜了它。”

虽然他不是直接跟我说，我还是请他进一步说明，因为我对宗教和宗教历史知之甚少。长了一双猜疑的小眼睛的主教回答了我的问题，还是不对着我说话。

“诺斯替教派认为，人的神圣灵魂被囚禁在恶神创造的物质世界里，这个造物主就是《旧约》里的上帝，残暴、报复心强、爱吵架。他们把这个上帝和《新约》里的上帝对立起来。人是精神堕落到物质里的产物，在这种情形下，至高至上的善神把耶稣作为使者派往人间，向神圣的人类揭示他们的本性，帮他们找回统一的自我，摆脱腐败的世界。诺斯替教派否认耶稣被钉死在十字架上，认为基督只是回到了神界。有了这种说法，异端分子就可以抛弃耶稣赎罪的苦难和复活。”

起头的主教不加评论，接着往下说：

“诺斯替教派还把认知当作神迹显灵，我不知道他们是否和女士您一样，”他终于转向我说话，“把认知和批判精神联系起来。我读了您近期的一次访谈，您认为数字革命是柏拉图学派意义上的幻想，激发了认知和批判，又把它们化为乌有。随手可得的知识导致每个人只能得到一点点知识，细碎而且导向明显，于是批判精神的基础只是一些零碎编撰的知识。‘观点变成了规则，自我的延伸被认为更有价值，于是每个人都产生了建立在可疑言论，甚至是谎言、粗略估计之上的专业看法。每一条言论、谎言、粗略估计和真相拥有同等的道德价值，但赋予个体不一致的力量。’这是您的原话吧？”

我不记得自己说过这段话，不过我是这么想的……我必须承认，我没有能力进行一场真正的神学讨论，我的认知基本上来源于我要批判的东西，也就是互联网。我的思维调和了汇聚在一起的网络碎片，这些碎片给人一种有序的假象，大多数现代思想就是这样的。这场对话也让我知道自己被泛泛的知识、伪知识毒害得有多深。我迅速查阅手机，找到一句可以帮我结束对话的圣人名言，《马可福音》第八章，第35节[①]，“眷恋物质生命的人，不会让自己的灵魂从‘死者’国度解脱，为了福音之路并且通过这条路，将物质的生命献给自身精神的人，他的精神将可以回到神灵的国度”。

午餐时，教皇一直一言不发，好像在解一道必须尽快得出答案的难题。他眼神放空，盯着一个看不见的目标，这说明他固执地想理解对面这个女人的产生，让它合理化。他突然开始长篇大论：

“您不就像贵格会教徒？古代那些信奉圣公宗的异端分子，受了社会政治神秘主义影响，寻找内心的火花和内心的耶稣，把耶稣的话看得比《圣经》还重，对其他宗教包括佛教都很开放。他们比有神论者更‘基

① 吕振中译本对这一节的翻译如下：因为凡想要救自己性命的，必失掉真性命；凡为我和福音的缘故失掉自己性命的，必救得真性命。

督’，更倾向于行动而不是隐退、静修、默念。简单、朴实无华。曾经有一段时间，我打击贵格会教徒，他们中有的人居然不信上帝，您能想象吗？女士，您是他们的同伙吗？难道您不相信成功的人生要远离痛苦，远离身体的退化以及让您沉迷的心灵幻境吗？

“我召集所有虔诚的信徒和所有真正的无神论者，对我来说标签不重要，反正我不想变成麦片盒子上戴黑帽子的人[①]。不过我和您正好相反，我喜欢现在的异端分子，他们向我们在书中呼吁的共同准则靠拢，但并不需要一板一眼地执行。我希望每个人都能自我觉醒，而不是第N次控制人的思想。我不反对社会里有耶稣的朋友和对其他宗教持开放态度的耶稣言论的追随者。”

“我说这些，”教皇说，“是因为我只见过贵格会运动允许女性传教。”

“而且我知道，美国第一位女权运动者不也是贵格会教徒吗？他们也是最早提出废除奴隶制的人。他们谦虚谨慎，自然无缘奖赏和荣誉，对奉承无动于衷，真是让人欣慰。我在美国生活的时候遇到过几位，他们的运动古老而又隐秘，北美和南美社会都变成了福音传道者的猎物，这一点固然可惜，也很能说明问题。不过我打

① 暗指桂格燕麦公司（Quakers Oats）的麦片产品，该公司1901年成立于美国芝加哥，注册商标是一个身着贵格派教服、戴黑色帽子的男子形象。

算把他们同化，但不剥夺他们的自由。”

之前被我看到和教皇窃窃私语的那个主教终于发言了，他以个人名义提议我在天主教会担任非行政领导，以此换取资金支持。梵蒂冈银行已经濒临破产，捐赠款项越来越少。听到这些话，我知道教会有破产的危险，他的提议实际上是一种二次增持。我帮教会摆脱困境，教会被迫接受重组并给我一些权力。这让我想起仁慈的谷歌偷偷做过创立教会的美梦，一个由数字技术柔性独裁的教会，宣扬对同类的仁慈和爱，但他们必须同意自己的数据被转卖。

这次，情况发生了变化，基督教最大的分支请谷歌母公司“无尽”帮忙，而其他分支，各种各样的福音会、科学会、耶和华见证人和更小更冒进的流派很快会在这场巨大的信仰融合运动中凋零，融合的是被重新发现的真正信仰。一场不可逆转、众人皆知的破产即将上演，除非我出手帮助这个备受批评的体制。人类也难辞其咎，因为人组织了信仰。他们可怜的样子让我想到了宽恕，而宽恕是我比平庸卑劣的他们高尚的条件。我怜悯这些毫无永生希望的老头子，他们被囚禁在旧时的伪装中。但要我去拯救教会，不让它破产，我做不到，除非教会重新遵从耶稣的话语。

“我只在被上帝抛弃的人身上看到过对上帝的真诚信仰。我觉得这很可怕，所以我们也许必须戒掉这种精神鸦片——虽然我了解这种隐喻的好处，结束欺骗孩子的童话故事。我们应该谈论的是爱，是善行，是精神，而不是善与恶。在耶稣给我们的启示里，最应该被记住的是爱。在你们的信徒身上，我们找不到爱的踪影，施舍不是爱，分享才是；独身不是爱，那是排斥社会。善，你们的善排斥同性间的爱，那根本不是善。让一个女人留着自己不想要的胎儿，而且明知孩子前路艰险，这不是爱，更不是善。希特勒也想行善，但没有表现出丝毫的善意。另外，我要结束教士和修女的独身制。”

我在主教们的眼神中读到了忧虑和解脱。独身制，他们中有的人坚守了快一个世纪，他们就像被捕鼠器夹住了爪子的老鼠，日夜被欲念折磨，却从来没有得到释放。

我用打趣的口吻继续说：

“在教会的历史上，最恶劣的几种伪善毁坏了教会的诚信，其中一种在11世纪被施加到教士身上。你们的前辈把教士的独身美化成对上帝的忠心奉献。实际上，这个决定只是出于经济上的考虑。对教会来说，供养独身的教士比供养拖家带口的教士容易。经济就是这样转化成意识形态，然后又变成了教条。说到底，你们教会只不过是被金钱社会损害的男男女女的临时庇护所。”

除基督教外的一神教并没有归顺我们，不过说起来，它们没有必须归顺的理由。每一种宗教都有自己的规则，这些规则如果严格遵守，并不会与获得不死资格的新条件产生矛盾。犹太人习惯了隔一段时间适应一种新的人神关系，最早就是和基督的关系。一个女人可以决定永生的条件，他们对此一直很谨慎，直到我出来解释我没有任何神学主张。我的首要职责是管理一个国际集团，这个集团按照一定条件为人们提供永生，就像药店按照处方提供药品。穆斯林当什么都没发生，他们不认为我有耶稣那样的先知特质。不过，他们也看不出有什么会阻碍他们用天堂和死而复生的技术交换，不管天堂里是不是住着一千位仙女。他们一开始批评我，最后变成中立，以保持和女性应有的距离。

佛教徒微笑着欢迎这个消息。首先是因为最虔诚的佛家弟子从来不上网，根本无法满足进入项目的要求；其次是因为佛教是生者的哲学，死亡并不是他们关注的重点。当然，这要把误入歧途、连接状态非常好的佛教徒排除在外，他们早就知道该放下面具，加入候选人之间的竞争，进入“无尽”项目。其他东方哲学的追随者也是这么做的，他们把这个消息当成西方世界的新波折，可他们无论如何也满足不了入选条件。

世界各地的人类纯粹主义者都起来反对“无尽”，他们更倾向繁殖、传递、遗传的逻辑。我理解他们的立场，但现状解决不了我们面临的任何问题，海平面上升，可使用的地表面积减少，部分地区人口过剩。旧模式是破坏环境的模式，是集约化农业的模式，是不停地换新衣服的模式，是制造垃圾的模式，抛弃这种旧模式，即使全世界的人不愿意，这种旧模式也将被淘汰。

几周后，“无尽”控制了谷歌和大多数对项目有用的企业，给行将就木的世界经济致命一击，也聚拢了几乎所有的精神信仰。

在“什么都不改变的革命国度”，我受到了热烈欢迎，就像是夺冠归国的法国国家队的最佳射手。所有人都觉得很自豪，为共和国的学校培养出数字行业领军人物而自豪。法兰西共和国总统欣喜地看着我，眼神中充满钦佩、无条件的信任。我为了崇高的目标而自我牺牲。他睁大双眼，穿过由高级官员、知名人士、科学家和精心挑选的投机者组成的“仪仗队”，朝我走来。他握住我的手，不肯松开，一个字也说不上来。他用颌骨肌肉克制住自己的抽泣，不过泪珠还是从眼角渗了出来。他站到我旁边，举起我的手臂，踮起脚，把它高举起来，接受观礼人员的欢呼。

总统属于精英阶层，这个阶层代代相承，生产一模一样的人，这些上了油的高级文化机器在惊人地空转。这群头脑灵活的知识分子习惯唇枪舌剑，毫无结果的辩论给互联网巨头提供了意想不到的空间，这些巨头最后用糖衣炮弹控制了这个本想成为道德模范却总在背地里否定道德的国家。

总统出身于技术官僚阶层，自从第五共和国宪法把总统变成共和君主以来，这个阶层一直把持着治理国家的权力。他领导着托克维尔所说“软弱而愤怒”的国民，他把绝大多数时间花在避免刺激同胞方面。在一家大型公关公司的帮助下，他出色地完成了这项任务。欢迎会从爱丽舍宫延续到了凡尔赛宫，凡尔赛宫还特意准备了喷泉表演。我已经忘了法国人跟不熟悉的人套近乎的怪癖。走后门的习惯倒是没改，很多来跟我献殷勤的人都是想走后门，进入“无尽”项目，他们在我耳边小声列举他们入选项目、被优先安排的理由。要说我对他们还有什么别的印象，鉴于我离开法国后就忘了这些阿谀奉承的人，我觉得他们完全跟不上时代，他们的自私就像这个国家最壮观的建筑被完好地保存下来，他们说一套做一套，假意慷慨，让人捉摸不透。一名自以为是的宫廷女作家冷笑着告诉我，她觉得她的作品会流芳百世，这对她来说已经足够，哪怕我们的项目不承认她对崭新的永生社会的重要性。

镜厅的晚宴对我来说无比孤独，看其他宾客吃饭，感觉时间漫长得像是快过了一个世纪。礼宾部门并没有忘记我不能吃任何东西，但法国还是要用一场盛大的晚宴来展示它对未来毫无畏惧，因为它坚守自己的美食传统。这是法国的一大优点。不过需要说明的是，无论哪个时代，法国对即将发生的事情从来没有清醒的意识，所以它也没有理由为此感到害怕。

第一夫人的话很少，她坐在我左边，眼神里是无尽的悲伤和烦闷。当她丈夫转向另一边说话的时候，她长叹了一口气，然后用轻柔的声音对我说：

“我觉得，要是我变成长生不死的人，我会自杀的。这辈子我就活够了。您知道吗？让生命无限延长下去，我可真受不了。听说，自杀的人下定决心付诸行动的时候，会体验到无比的圆满。您知道吗？”

“我不认为谁会死而复生来跟我谈这些。”

“我知道，不过有人跟我说，只要下定决心，他们就能达到一种心醉神迷的状态。”

“您不是要自杀吧？”我压低声音问，以免其他人听到。

“哦，不，至少现在没这个打算。现在我就靠性和艺术活着。”

“这已经很不错了。”

她悄悄指了一下她的丈夫，继续说道：

“比他强，他只靠权力活着，可是他现在并没有实权。当第一夫人，把我弄得筋疲力尽，在各种官方宴会上当花瓶……”

然后，她突然提高声音说：

“告诉我，您的人类改造计划中保留了所有激起性欲的部位吗？”

“和以前一模一样。把生命转入硅基材质的外壳，并不会改变欲望和快感方面的参数，我们重组了产生这些感觉的心理构造。”

“您是怎么做到的？”

“我们搜集了我出生以来发送的所有数据，以及和我相关的所有数据。在这些数据的基础上，我们重建了大脑和情绪的运作机制，把这个运作机制储存在脑部的中央控制单元，用它来指挥复制出来的不朽躯体的感知功能和运动功能。我们去掉了没有任何用处的器官，比如说心、肺和肠道，这样胸腹腔里就空出来一小块地方，供人们自由使用。”

“您真的认为，要是没有这场彻底的变革，人类就没了前途？”

“我们并不完全知道人会怎样进化，但我深信我们的科技智能是一份天赐的礼物，它能拯救我们，而生理方面和道德方面的进化则会惩罚我们。我们掌握的科学知识会产生一些截然相反的影响，有时会挽救我们的生命，有时又会惩罚我们。”

第一夫人对负责总统餐桌的侍者总管做了个手势，让他给她倒酒。总统看到了她的手势，向她投来阴郁的目光。她耸了耸肩，算是回应。

“我可以毫不避讳地说，我不认为有什么理由让您把我选进这个项目。我没有太大的用处。”

我连忙打断她：

“经济用途绝对不是我们的标准。”

她继续往下说：

“我也没有更多的道德品质。为了安慰自己，我就从早喝到晚。要是我没理解错的话，在您的世界里，我们再也不能喝酒了，那我就更难受了。这真不是我想要的。”

然后，她用手肘推了我一下，顺势使了个眼色：

“您要是需要一个没有理想、没有同情心，但是充满魅力的聪明人，您应该选我的丈夫。他可是固执己见的大师。”说完，她站起来，但没走两步，就倒在穿白色制服的侍者怀里。侍者不动声色地把她送进旁边的房间。她留给我的最后画面是一个在浮华的背景中摇摇晃晃走着的女子，被金色的叶饰环绕的大镜子永远倒映着她的背影。所有宾客都装作什么都没看到，第一夫人被人搀扶离开官方宴会肯定不是第一次了。总统替她向我解释了一句，他摆出一副沉思的样子，一个结论性的想法很快脱口而出，他这个圈子里的人总觉得必须有想法，特别是当别人什么都没问他们的时候。

“一切都是意料之中的，不是吗？这是数字革命的必然结果。我想起了数字革命刚兴起的时候反对它的人，他们担心个人隐私和个体自由受到损害。这大大地拖了我们的后腿。我问自己是否想要永生。攀登社会顶峰，在那里留下我的印迹，我是在这种想法中成长的。永远活在灿烂的历史长河中，不被人一斧子砍死，我对此很有兴趣。我这是在引用佩雷克[1]的话（或者差不多的话，您知道的，他说的是大写的历史）。但作为个体永远活下去……我不太确定。”

“您做了什么可以让您名垂青史？”

“比您少，这是肯定的。不瞒您说，我有点儿嫉妒您。我发起了好几个国家公园项目，这些项目顶住了城市化，我感到很自豪。我和网络巨头谈妥了大幅提高无条件基本收入，只提供数据就能获得的基本收入。在网络巨头的帮助下，我和伊斯兰激进组织的自由贸易区达成了长期和平，他们的区域面积在我的任期里没有扩大。我想，永生的前景会给他们致命一击，让他们的精神支柱崩塌瓦解。”

他深深地叹了一口气，我完全没想到他会在这个时候停顿。

“您知道的，一个人要名垂青史，需要遇到特殊的机遇，要不就得下定决心以出奇的行为把自己的名字写进史书。您看50年前的美国强人，他知道自己不可能以地球拯救者的身份写进史书，那样外强中干的人干不出这样的丰功伟绩。不过，他还是想在历史上留下一笔，

---

① 乔治·佩雷克（Georges Perec，1936—1982），法国当代先锋小说家，代表作有《物》《消失》《生活使用说明》和自传《W或童年的记忆》。

因为时机恰当，他画下了浓墨重彩的一笔，重启煤炭发电，鼓励使用化肥和杀虫剂，滥砍滥伐，铺张浪费。在他看来，这么做是对的。他只考虑人类的未来，他可以作为‘宣泄派’总统载入史册，因为他摆脱了负罪感、礼节、善良，背弃了就职典礼上宣誓的那本书，用荒唐的性游戏践踏清教主义，炫耀他的治国之道。只要给民众几个小钱和便宜的石油，他们就不会跟你要别的。人是什么样，他就当他们是什么样，从这一点看，这倒是真正的民主，他顺从了民众的本能需求，还能批评他什么呢？如果民选官员觉得人民的长远利益要求他违背选民，他应该这样做吗？这就是民主的核心问题。不久，南半球的冲突以及难以抵抗的气候变暖导致南半球人口往北半球迁徙，人类文明史上从来没有经历过这样大规模的人口迁徙。美洲是靠移民建立起来的，但那是逐渐发展的结果。欧洲迎来的是短期内大规模的移民。他们在寻找什么？体面一点儿的生活和稳定的环境。在法国，我们能为他们提供什么？少得可怜的财富，当然，比他们以前拥有的要多一些，然后就是一些价值观，主要是政教分离。”

他用镶了边的洁白餐巾擦了擦嘴，接着说：

“您提出来的革命真是不得了。金钱和权力不再是主宰，质量胜过数量，人与人之间不再需要残酷的竞争。我祝您满怀勇气，建成这个没有等级的原始社会。

我这么说并不是要劝阻您，但我觉得您太高看人类，他们的能力远没有您想象的那么强，除非您把社会变成僧人的社区，否则这只怕会昙花一现。我们这些政客会听凭您的调遣，这样的关系已经维持了一段时间，不过现在，我们根本无力对抗。我和柏格森[1]一样，都认为智能首先是一种适应能力。我会毫无保留地去适应。长期以来，政客自愿担任经济全球化的代言人和说腹语的木偶表演者。所有党派都联手反对任何改变，后来都败给了数字革命的领袖。毫无疑问，世界政府已经形成，这个政府让每个人都觉得自己掌控了身边的一切。不过您和我都清楚，根本不是这么回事儿，幻想总是比现实更让人舒适。您结束了全球化现象，您现在是整个人类的先知，您必须成功，因为你我都知道这是人类的最后机会。"

说罢，总统朝周围的人微笑，仿佛想测试一下他对宾客的影响力，然后他压低声音对我说：

"不过，您说这是不是不太民主……"

这下轮到我笑了，问：

"您说的民主是什么意思？选民被数字巨头操纵，每隔一段时间选出一名符合行业巨头利益的候选人？然

---

① 亨利·柏格森（Henri Bergson，1859—1941），法国哲学家，曾获诺贝尔文学奖。代表著作有《创造进化论》《直觉意识的研究》《物质与记忆》等。

后这个人去治理国家，为那些巨头服务，为那些把权力机构当成自己家的游说集团服务？总统先生，您跟我说的是什么民主啊？”

我看见他脸色突然转阴：

“您还是需要我们的，不是吗？”

“在旧世界里，您就已经毫无价值；在新世界里，您还能有什么用呢？我不会把您赶下台。您一离开，您的中介作用会自然消失，那是被崭新的未来改造过的人类的意愿，他们会在更小的层面重新掌权，摆脱半个世纪以来把他们折磨得筋疲力尽的竞争，最终仰望长空，把自己当作宇宙中已知的唯一智能，一种能超越自身动物性和幻觉的智能。”

总统擦了擦嘴角，挤出一丝苦笑，他无论如何都想在辩论中胜出：

“不管怎么说，您肯定不会缺钱。人类已经交出了大量个人信息，您掌握了一切，把这些信息卖出去，还可以再挣一大笔钱，数字的财富是无穷尽的。”

“您要是认为我的动机就是这些，那您真的什么也没弄明白。您和您的同类什么时候能不再把一切都归因为经济和物质，弄得好像所有行动都只能用这把尺子来衡量？”

他拉起我的手，站起来和我拥抱，这是让大家动身返回巴黎的信号。

和我对话的人当中，约瑟夫·兰德尔一定是最难缠的那个。我们约定在他位于华盛顿的办公室里会面，他在那里指挥美国的情报机构。和之前拜访过的大人物不同，他见我的场景就像校长见来校园推销厕所去污剂的小贩。他让我在一间阴沉的接待室里等了半个小时，房间的宽度和高度差不多。见他之前，我已经感受到了他的敌意。我一进他的办公室，他就像下颌方方正正、目光狡诈的将军，说话直截了当，不过声音细弱，鼻音很重。他让我坐在办公桌对面的椅子上，自己却站了起来，执意站着，而且整场对话的大部分时间都背对着我。

“您知道您给我造成了多大的损失吗？”

我装出毫不知情的样子。

“如果大家知道情报人员，为国家、为世界和平和军事献身的人完全不能进入“无尽”项目，您想一想会发生什么。您当然知道为什么，因为自律的特工不会发送任何数据。大家根本不知道他们是谁，在做什么。我们根本不能将他们再造重生。关于他们，我们掌握的信息不够让算法运转起来。我的问题是双重的。我手下的特工一个都得不到永生，知道了这一点，以后就没有人愿意做情报工作。您让我们进退两难。您的确厉害，秘密鼓捣了这么多年，却没被国家安全局和中央情报局发现。了不起！总统女士一定还没跟您说，不过我知道她是这么想的，您往这个星球上扔了一个奇怪的东西。您天真地以为您会获得权力，绝对的权力？这场滑稽的政变，您开局不错，以后的计划是什么？”

“很简单。我们处于人类文明的衰落期，几年后地球上就会出现大规模灭绝。不过只要我们做出改变，就能走出困局。问题不是永无止境地积累下去，而是利用大脑的特殊能力，恢复自我认识和灵性。我知道您把我当作独裁者，阴险地强加自己的指令。这种权力，我有。我不否认任何人都没有办法夺走这种权力。您和您的狂热追随者可以杀了我，不过我很快就会重生，因为我的数据信息可以让我的分身在48个小时内被生产出来。所有入选项目的人都是这样。战争将不会有太大价值，您将来会认同这一点，因为我们杀不了任何人。至于可以复活的人类的数据资料，它们会被藏起来，得到妥善的保管，您的手下绝对找不到它们在网络宇宙中的位置。另外，我要说的是，很遗憾您不能成为受益者。不过，永生的希望会改变人的性格。直到现在，我们还是否定死亡，死亡都快要消失了。我们迅速埋葬逝者，两天后，他们就会被彻底遗忘。如果我们不想顶上他们留下的空缺。死亡不过是一次机遇，一份供人们分享的遗产。”

兰德尔扭了扭脖子，像是想让脊椎复位，或者摆脱因我们的谈话引起的肌肉痉挛。

“您说的世界是一场虚构。”

“我反对，将军。我们过去生活的世界才是按照虚构建立的。”

兰德尔听到了我的话，但没听懂。怀疑变成了痛苦。一个不知道从哪儿冒出来的女人怎么这么强势，而且她的想法很荒诞，就像是从儿童文学里蹦出来的。兰德尔这位热血赤诚的将士捍卫着美国，捍卫着市场。市场是唯一有价值的思想体系，受唯一的神保护，现在却像狗一样被人牵着四处溜达，在各种选美比赛上亮相。兰德尔的大脑无法批判把自己推到现在这个位置的体系。他掌管美国情报部门的时候，数字革命已经大规模启动。那时候，数字行业还在和情报部门合作，扩大对个人的监视，预测他们的不良意图。他给我的印象是希望数字世界和与之平行的世界融合，但没有考虑过数字世界会战胜这个平行世界。没有我们，情报部门什么事也干不成。根据这些就应该想到，我的永生理念会撼动他的世界，然而兰德尔事先没有考虑到这样的现实状况。

由于这些原因，他恨我恨得像是一个被15岁少女击败的资深棋手。不过最糟的是，我没有可以让他息怒的提议，只希望这股怒气能让他认命，而不是用来搅乱我的生活。我不知道他能用什么方法来摧毁我，不过我肯定他会试一试。

其他邪恶之徒和头面人物也没搞明白我是怎么突然出现，彻底改变权力规则，用温柔的手法控制大众的，而他们尽管十分威严也从来没有做到。不止一个独裁者被我搞得坐立难安。这些思维狭隘、厚颜无耻的人，他们的特点就是死不认输，哪怕现实就摆在眼前。他们知道谋杀我没有任何用处，但还是试了好几次。

在发生了三起针对我的暗杀行动之后，埃尔法才下定决心离开我。我不能苛责他。虽然他因为没有发送足够多的数据获得进入“无尽”项目的资格，而且他也不想永生，但他想活到生命的自然终点，而不是被一群疯子杀了，变成暗杀行动附带的受害者。

针对我的谋杀肯定是徒劳的，但我非常警惕那些想破坏我们的数据库，特别是算法的人。算法可以原样重组出人类，至少是在精神和灵魂层面，附带着还可以让人们了解硅基生命的运作。作为“无尽”项目唯一的样本，我成了某些人的劫持目标，他们想拆开这个革命性的机器。不过，我调动团队，预防这种攻击，很快就挫败了所有针对我们的不法行动。我们还用几个月的时间建造了一颗卫星，里面储存了所有的生产机密，世界上任何军队都无法拦截这颗卫星。独裁者、犯罪团伙和危害生命及其发展的大型企业主联合起来对付我们都没有得逞，我们每次都超前一步。他们不但没有推翻我，还要面对众多反对者。反对者认为自己的想法完全符合《旧约》《新约》，还有我书里的理念，他们奋起反抗，无惧死亡。20年代，巴西发生了大规模民众抗议。

在欧洲某国，总统97岁时在任职期间去世，继任者是被犯罪集团簇拥的大主教。一些年轻人无视具有历史传统的奴役机构，奋起推翻暴政。一个人如果不再惧怕死亡，他对抗击对手的理解很可能会发生改变。任何独裁体制都难以与之对抗。人们相信自己的行动符合书中的理念，他们摆脱了束缚，就像突然发现自己的意识范围有可能往积极的方面扩大，重拾热情和革命精神，站起来挑战庸俗卑劣之徒的独裁。

命运不凡的人往往要承受最残酷的孤独。算法向我们证明，独自面对复杂局面会造成严重的心理伤害，没有几个人能够幸免。所幸的是，我就属于这一小部分人。

埃尔法的离开让我十分痛苦，因为我真心爱他，但我不能责怪他。我被选中带领其他人走向宏伟未来，如此特殊的地位让他难以忍受。当一个人受到如此密集的关注，他的周围就会产生让亲友无法靠近的热浪，除非有人想蹭热度，这也体现出了人性的弱点，追随这个身兼重任、被选来造福世界的人是很难的。

不过，我相信他不会等到被迫要走的时候才离开我。几天后，我们得知儿子没能通过“无尽”算法的入选审核。“无尽”并不需要对自己的选择做出解释。算法自行决定，不受任何外界影响。它会根据设定的目标，即判断一个人是否具备永生所需的品质，来处理几十亿条与这个人有关的数据。或恰恰相反，如果这个人当时还不具备永生所需的品质，算法就要分析这些数据，判断他的余生对地球是利大于弊，还是弊大于利。数据覆盖了生活的细枝末节。“无尽”并非简单地把善恶对立起来，它不仅指出某个人已经偏离正道，还试着分析，找到“偏航”的深层次的原因。显然，童年时期受到父母伤害的人不应该为自己的离经叛道负责，因为心理防御机制用无上权威代替了屈辱感。人的缺点总能从童年性格养成中找到原因。性格和品质的形成大多与幼年的亲密关系有关，个体在学习过程中表现出的脆弱性也是人所特有。当孩童掌握在成年人手里，无论是父母还是别人，当他们的弱点和不成熟让他们幻想破灭，他们都会显得很脆弱。

埃尔法走后，我的“十二使徒”之一过来告诉我，我的儿子没被项目选中，因为他被认为是一个内心幼稚、脱离社会的人。悲伤随后将我包裹，就像一层黑纱从天而降。

我独自待在这栋随时会坠入大海的房子里，意志消沉。我变身以来，时间被明显拉长。我不吃也不睡，可以自由支配的时间突然多了很多。忙碌的日子该有的疲惫感消失了，消化不良的不适感也消失了。我打算把多出来的时间用于新的创造活动或思考问题，阅读、绘画、雕塑、冥想，不能因为我的新职责而忽视自我提升。

在谷歌制造的完全虚拟的世界里，个体可以足不出户而四处走动，它以某种方式拯救了我们的生态系统。更了不起的是，每个人都可以在没有阻碍、没有对手、远离同类这个潜在敌人的世界里演化。我没有被虚拟生活所诱惑，那是一种没有烦恼、没有悲伤的平行生活，处于绝对有益的孤独之中，全球的真实生活近在咫尺。

这种演化不断发展，以至于现在每个人都认为存在着两个世界：一个是真实的，肮脏的，多多少少让人有些失望的；另一个是虚拟的，只有美好的事物、旅行和虚拟互动。

小时候，父亲不让我接近虚拟世界，他认为每个人都要靠自己找到逃离现实的方法，凭借自己的智力和敏感。老一辈的人就是这样做的。因此，他教我阅读，欣赏美术，更要学会深入理解，钻到里面去，就像发现了林间小路的孩子，穿透树林的光线激起他的好奇心，于是他大着胆子走进去。

客厅正对大海的那面墙上挂的油画，我本来不太可能买下来，不过它是父亲最喜欢的画作之一。21世纪初，父亲曾与这位画家有过一次短暂的会面。他记得，画家一直不肯见他，直到父亲请他读一读他被译成德语的小说。读完后，也许是很喜欢这本小说，他请父亲到他在巴黎马莱区的别墅共进晚餐。父亲对那顿晚餐记忆犹新，其实要让他欣赏别人是件不容易的事情。基弗[1]非常谦逊地回应父亲的欣赏，说自己在绘画上并无创新，

---

① 安塞尔姆·基弗（Anselm Kiefer, 1945— ），出生于德国多瑙埃兴根，画家、雕塑家。他是德国新表现主义代表人物之一，被认为是德国当代最重要的艺术家。

说到底还是在追随以描绘壮丽的光影景象著称的英国画家特纳。在父亲面前，天才画家自称是渺小的追随者、榜样的遗愿执行者，只是继承了榜样对光线的非凡领悟，这种悟性巧妙地支撑着那位德国画家的创作。

和基弗的大多数作品一样，这是一幅大尺寸的油画作品，长5米，宽2.8米，没有画框，直接挂在足够大的白墙上，以免显得局促。

在父亲和画家会面整整60年后，我站在这幅凝聚了对父亲和画家的回忆的画作前。如果父亲不欣赏那个画家，我可能也不会走近他的画，它也不会进入我的生活。一看这幅画，我的思绪就会离开原地，去追溯历史，回到祖辈随时会丧命、代际传递会突然终止的时代。我能站在这里，不过是因为摇曳的火烛不肯在一个狂风之日熄灭，那狂风预示着欧洲的末日。《西伯利亚公主》创作于1988年。“丙烯上的铅、画布上的乳胶和烟灰”，这是当时出版的一本书对这幅画的注释。那是我第一次看到这幅画，画面一目了然却耐人寻味。6条铁轨在村前交汇，依稀可以辨认出村庄中的几栋房子。

我们已经想象，成千上万的男女老少看见了这几栋房子，却没有特别在意，因为建筑毫无特色，而且他们的注意力在别的地方。他们在寻找一个记号，一条关于地址的线索，好知道自己被塞进这趟火车的目的地。列车的价值还不清楚。天空呈灰白色，云层翻滚，柱体和生锈的铁盘零散地出现在空白的地方，天空突兀地降落在画面上，仿佛画家拒绝让天地相连。用形状和颜料组成戏剧舞台的帷幕，环绕着大地，使天地保持着耐人寻味的距离。铁轨旁杂草丛生，这也是画面中唯一的有机生物。酷热感和画面整体带给人的寒意令人印象深刻，铁轨的终点隐藏在画面深处。没被画家画出来的悲剧展现在看似静止的画面上，这种做减法的表达十分巧妙。没有集中营，没有军犬，没有纳粹和惊恐的眼睛，没有胆战心惊的可怜人在挑选者面前晃来晃去，他们的希望在响指之间就会幻灭；也没有黑烟，这种黑烟太过油腻，升不到空中；没有喊叫，没有呻吟，甚至连车轮撞击铁轨连接处的声音也没有。

然而，一切都被还原了。远处，就在那儿，有人让他们排好队，分好类，脱掉衣服，洗澡，然后把他们烧掉，循环使用，制成肥皂和肥料。他们不断死去，满足德国化工企业的利益，法本公司及其子公司拜耳，还有赫斯特和其他化工企业，它们制造了惊天惨剧却保住了大名。战后，只有法本因为和臭名昭著的齐克隆B[①]脱不开干系被正式解散，高管在纽伦堡受审，被关进监狱，接受看似沉重的惩罚，然而很快就被提前释放，因为他

① 齐克隆B原为杀虫剂，二战中，法本公司帮助纳粹德国将这种化学药剂制成毒气，在集中营里杀害犹太人。

们对重建德国经济有价值。拜耳后来变成了化工巨头，在21世纪初收购了另一家化工巨头——美国的孟山都。人们都记得，拜耳以前完全无视生命，从集中营购买女囚充当实验室里的小白鼠，这些女人在试验后无一幸免，全部死亡。孟山都开创了一种特别模式，控制了无数农户使用的种子，农户因此失去了对自己劳作的土地的控制权。还有孟山都生产的除草剂农达[①]，其效果超过了当年的齐克隆B，不仅可以消灭杂草，还能消灭使用者。

我的曾外祖母是波兰人，她的全家人就消失在画的另一头，什么也没留下。他们被抹杀，制成别的东西。只有曾外祖母幸存下来，命悬一线。

我们还没有达到那种水平，但我坚信有一天我们能搜集失踪的男人、女人和儿童的数据。我感到他们飘浮在空中，留下一道由触摸不到的未知材料组成的看不见的痕迹。任何生命都不可能如此隐秘，不留一丝印迹就离开了。他们的印迹一定在某个地方飘浮着，等待成形，如同游荡太久筋疲力尽的善灵。那时候我们将有能力让他们获得新生，而那些靠替罪羊和仇恨活着的人拼命想抹杀这些生命。

---

① 农达，英文名Roundup，是孟山都公司于20世纪70年代开发的除草剂名称。

书是我自己写的，我的合伙人也参与其中，十来个人从项目一开始就陪伴着我。现在这个时代不适合写大段题外话、使用复杂的隐喻和童话寓言。我们这个时代的人从本世纪初就开始逐渐停止阅读。阅读被语音技术和迫不及待的快速沟通排挤掉了。语言被压缩。有什么关系呢，我还是按照老方法写这本书，重复圣书提倡的一切以及由此制定的公共生活规则，这些规则很简单但并未被遵守。我重申了公认的道德准则，取消了肉欲之罪，只要求儿童得到绝对的尊重。“你们不应杀戮”[①]对新人类毫无意义，死对他们来说不过是昏迷几天、停用几天，这几天，我们要用他们的个人数据重启他们的机器。入选“无尽”的关键条件不如《旧约》《新约》的约束力强，但承认自己的过错并不能获得宽恕。忏悔并不能赎罪。我们每个人都知道，做过的事情不能被抹杀，不承认是不可能的。

书完成后，我们虔诚地等着算法掌握这些筛选条

① 这是《圣经》“十诫”中的第六条诫命。

件，再向我们提供有资格入选永生项目的人数。人数比我们预计的多了不少。半数以上的人可以入选。两三代人之后，这一数字必然还会上升，因为没有入选的人的孩子会按照书里倡导的方式生活，这样就有机会加入重生者行列。考虑到较高的不孕不育率，我们计算得出全球人口将稳定在目前的65%的水平。

书的出版是大事件。以前的圣书没有任何一本以这么快的速度到达这么多人手中。《旧约》《新约》还有《古兰经》都遭到了更早前出现的宗教的抵抗，也经历了与宗教改革相伴的暴力。

我们的书只用了三天就超过了《旧约》《新约》和《古兰经》迄今为止的销量总和。世界各地的人纷纷抢购。每个人都想知道自己距离这本书的要求有多远，进而计算他们在生命结束时重生的可能性。

和我最初预计的一样，在覆盖范围广、意义深远的运动中，个体行为发生了转变，每个人都希望自己符合给出的条件。人们带着善意和他人相处，分享成为规则。书面世后没有几天，我们就看到一些大公司的董事会决定放弃一大块分红，用于增加员工工资。房地产公司放弃了用水泥淹没美景的项目，公民责任感和对他人的尊重逐步恢复。社会关系的维系不再只是依靠镇压威胁，而是依靠被遗忘的对他人的关心，当然，前提是这种关心真的存在过。可以预测的进一步结果是，随着傲慢和个人主义更多地让位给谦虚，自尊将得以修复。人们似乎发觉他们一直以来声称的自由，在空洞的拜物主义的驱使下劫掠大自然，尽可能多地获取毫无生气的物品，根本不是真正的自由，正直和超脱才能带来真正的自由。焦虑扭曲了人们对时间的感知，强化了人的占有欲和消费欲。在新的前景下，焦虑开始降低。所有人都不确定是否有朝一日能成为项目受益人，不过，大多数人都愿意对这样的前景抱有希望，重新回到平衡之路，这可以让他们恢复尊严，变得不再狭隘，强化被多年的金牛犊[①]崇拜削弱了的个人品格。

把人类带入新前景只花了几个月时间，比时尚或者新趋势形成的时间还要短。竞争、比赛、攫取利润、疯狂的物化、作弊、自大、渎职、腐败等突然过了时，好像有一双眼睛盯着大家。这双眼睛其实一直在看着大家，不同的是，这一次，人们相信这双眼睛在看着他们。每个人都尽力避免在与亲友交往时犯错。很多人都像勤勉的学生，按照字面意思遵从这本书中的规则。这并不是我们的要求。不，算法更复杂高深，它不会根据加分减分来

① 《旧约·出埃及记》第三十二章记载，亚伦造金牛犊当作神来敬拜，惹神震怒，因为金牛犊是人为制造的神，是偶像。

计算，而是根据候选人的总体能力来判断，看他们是否能永远保持良好的精神状态为人类社会做贡献。

看了这本书，掌权者意识到他们和教士、情报人员一样，那个新世界里并没有属于他们的位置，新的世界会看着他们死去，就像道教徒看着敌人的尸体顺流而下。

谷歌的强大功能让一场针对我们的政变变得毫无效果，因为我们有能力预见一切，防范一切，挫败一切。他们本应该在我们控制谷歌前阻止我们，现在太迟了。书出版一年后，我要求所有国家全面裁军。我们已经让大量军事人员转变思想，追寻新的目标。军队已经很难运作，更何况我们还牢牢掌握着机器人技术，而机器人是军队的支柱。世界各地行将就木的独裁统治被有限范围内的社区民主代替。俄罗斯、土耳其这种历史悠久的国家很快就出现了问题，美国也很快分崩离析，每个州独立成一个国家。20世纪60年代伴随着反文化出现的萌芽在一个世纪后结出了果实。从1968年到2068年。人们重新回归宽容与分享的价值观，爬行动物思维者对此十分恼怒，他们到现在还是只知道把智力用于无限扩大自己的财富。那些非必要的、与奢侈和挥霍相关的行业受到严重影响。一句话，书里的一句话就足以造成这样的影响——“从舒适到奢侈，必然要靠偷盗。”不准偷盗是非常明确的诫命之一。助长无理和蔑视的所有东西，游艇、豪车和私人飞机都开始消失。在无用之物和生命之间，大多数人都选择了无尽的生命。

我逐步清空了国家特权。第一个特权，马克斯·韦伯说过的“国家垄断了合法暴力”已逐渐失效。世界各地都在解除武装，军事政权土崩瓦解，社会保障问题正在依靠自身解决。疾病很快会消失，退休也一样。维护和修复一个“无尽体”的成本很低，也不需要特别的保险。公共基础设施只在使用时才支付费用。此外，社会补偿体制将会消失。资源分配如果在基础层面就做到足够公平，就无须进行后续调整，后续调整是一种不光彩的公益慈善形式，它属于一个为了减少收缴税费几乎不做再分配的体系。政客不高瞻远瞩而只考虑自己任期，这样的时代结束了。傲慢的专家治国时代也结束了，与此一起终结的还有对没有受过教育、思想不坚定的人的蔑视。群众和普通的个体肯定有缺点，最令人不齿的是利用他们，把算计、自大与蛊惑煽动相混合，呈现在一个可悲的舞台上，让那些自称公关魔法师的人为所欲为。我要断开这帮人的连接，仅此而已。

我们还没达到那样的水平，用可持续的、永恒矿物材料批量生产人的阶段还没有开始。

既然现在我们知道了符合条件的人数和可以预计的死亡率，我们就应该扩大产能。正当我们在加油干的时候，我接到埃尔法的电话。我很吃惊。他在电话里只是说想尽快见到我，谈一件很严肃的事，其他的，他不肯在电话里多说。他请我到他家碰面，现在他一个人住在辛格韦德利尔湖边[1]。

去他家要穿过一片早就被确立的保护区，面积很大，四周划定了边界，保护区内的建筑数量受到严格的限制，只有最外围有几间村舍，最新式的那间就是埃尔法的。多年来，人类在这片壮丽的保护区只留下有限的印迹。动物在湖边自由活动就是明证。鸟儿在这里无忧无虑地生活，仿佛很久都没有遇到捕食者。在远一点的地方，绒鸭妈妈从容地领着一群小鸭，蛎鹬在枯树上一边看着它们，一边扭曲着身子用长喙梳理羽毛。湖边一

① 冰岛辛格韦德利尔国家公园（Thingvellir）位于欧亚板块和美洲板块的交界处，是冰岛议会旧址的所在地、世界文化遗产。辛格韦德利尔湖位于国家公园内。

圈炭黑色的火山石将水岸分开。湖水很深，也很凉，几乎没有波纹。这是我第一次离开“无尽”公司的安保区，我觉得自己像学期结束时从寄宿学校回来的高中生。一路上，我只遇到了几个人，他们没有一个人认出我来。

埃尔法从住在首都的一个企业主手中买下这栋房子，企业主一直把这儿当作夏天的度假屋，可能已经厌倦了这里的生活。欣赏如此宁静庄严的大湖，自身心态要平和，要更多地去思考，而不是老跟他人相比，城里人大多是这样的。这个地方非常适合埃尔法，很符合我所认识的他。他胖了点儿，但他好像并不在意。我们分开以后，我第一次失去了他，但我不想真正失去他，也不想看着他日渐消沉。

木屋不大，漆成天蓝色，中间有个对着湖的大落地窗。埃尔法对我表现得很客气，以免让我想起往日的爱。儿子的离去和后来我肩负拯救人类的重任战胜了这脆弱的感情。房子的内部完全用于工作，用于埃尔法的研究。只有几台连在一起的电脑，书、图纸、科研报告按照只有他搞得懂的方式排列着。我不着急讨论此行的正事，而想享受这片人迹罕至的独特景色，现在地球上没几个这样的地方了，我想什么都不去想。我在木质露台安顿下来，面朝大湖，湖对岸光秃秃的火山穹丘被薄雾藏了起来。一只暴雪鹱绕着我转了一圈，然后停在栏杆上，小心翼翼又有点儿俏皮。我想留在这里，凝视这片看似毫无生气的地方以及它给动物带来的活力。

埃尔法端着两杯咖啡过来。分开了几个星期，他已经忘了我与普通人类的不同之处。他做了一个抱歉的手势，把给我煮的咖啡放在一边。他笨拙地捋着胡须，手微微颤抖。出于一种奇怪的预感，我想推迟他言归正传的时刻。我把手放在他闲着的那只手背上，他报以淡淡的微笑。我看得出，让他心烦的那些事已经离他远去。他也不急着跟我谈正事，因为他知道谈了以后，一切都会变。我心里很害怕他要跟我谈跟我们逝去的孩子有关的事。不过，他要谈的跟这毫无关系。

他自己开发的地震火山预警系统判断，有超过85%的可能，地球上的两座火山会相继喷发，间隔只有几个月的时间，一座在印度尼西亚，另一座在冰岛。这个预警系统借助了我向他提供的尖端技术，具有世界顶级的预测能力。两场火山喷发叠加起来只有一个结果——世界末日，在地球上生存了数百万年的大多数生命将走向终结。我没有继续听埃尔法说下去，我暗自忖度，这将是6500万年前那场大灾难之后最严重的生物大灭绝。

我想象一股浓烟逐渐变成25公里厚的硫化物云层包裹地球，升到污染严重、完全无法呼吸的大气层之上，形成密实的屏障，阻挡太阳光照射到地球表面，使地球陷入黑暗、寒冷、窒息的状态。

“最糟糕的是，我们对此无能为力。”

说罢，我大笑起来，继续说：

“大自然的伟力将会提醒我们，和它比起来，我们的破坏力什么都不是。然后，地球会慢慢启动新的周期，不是吗？等上几百万年，硫化物挥发到银河系，大气恢复纯净，一些微小的物种开始进化，它们中的一种有朝一日将统治其他物种。这个物种不是恐龙，也不是人类，而是一种我们还无法想象的生命形式。它在进化过程中会不会产生意识？我们一无所知。也许会拥有比我们更高级的意识，但不一定要有我们的技术能力，这些能力只是把我们变成自己的奴隶。”

“并不完全是这样。”埃尔法突然打断我，表示反对。

我不明白他反对的是什么。

“技术不仅仅把我们变成自己的奴隶，也有可能解放我们。”

“怎么解放？”

“在我看来，拯救人类的方法只有一个。只有你和你身边的那几个人能做得到。想知道用什么方法吗？你们带着人类的数据库离开地球，试着让人类在别的地方生活、重生。然后，再过几百万年，如果那时候这里的自然环境恢复了生机，而你们在大探险时又没有找到合适的居住地，那就让人类重新回到这里。半人马座α星[1]里有一颗星球，比地球表面大1.3倍，距离地球大约4.3光年，温度介于零下90摄氏度到30摄氏度。”

我一言不发，于是他继续往下说：

“或者你们哪儿都不去，就待在这里，如果世界末日不会把你们摧毁——不过这一点我们现在还不清楚，你们就眼睁睁地看着你们的几十亿信徒死去，而你们是他们重生的唯一希望。对你来说，不同的是他们不会缓慢地走向灭绝，而是在几个月内全都死去，他们的重生不会发生在地球上，而是在天上或者你们选中的某个星球、某个天堂。”

“你的意思是让我重建挪亚方舟，对吗？”

埃尔法还没来得及回答，一辆黑车突然停到他家门口。先下车的是两个穿着黑色大衣的大块头，随后美国情报组织的头号人物兰德尔出现了，他可以通过卫星看清世界任何角落的嫌犯手上戴的手表，连表的品牌都能看清。他看上去极度不安，省去了客套话，直奔主题。他承认，自我重生成名之日起，就派人监视埃尔法，特别是他的科研工作。他肯定也尝试过监视我，不过“无尽”的技术碾压美国情报机构，可以阻挡任何形式的监视。

---

① 中文名南门二（半人马α），是一颗三合星，也是距离太阳最近的恒星系统。

“我们就这样知道了两座火山即将喷发。我们在美国找人验证了您丈夫提出的假设，很不幸，假设都成立。没几个人知道这件事，也没有几个人应该知道。女士，您知道，我从来没有想过要遭遇一个比我强大的对手。我想象过被俄罗斯人、中国人，或者各种网络攻击的情景，但我从来没想过像这样束手无策地面对大自然的挑战。我只考虑过地球表面的敌人。陨石坠落的可能性，我考虑过，虽然我并不完全知道我该做些什么。地球从地心深处背叛我们，这种假设……我知道降温降得很慢的熔岩会造成严重威胁，然而火山喷发会立即把我们赶尽杀绝……相继发生两次喷发，不给我们留下任何生机，必须承认这种可能性我从来没有想过。我们可以喋喋不休地争论，希望是搞错了，但我不相信是搞错了，您丈夫和美国权威专家的结论让我们对火山喷发的后果确信无疑。没有人能活下去，因为几年之内，氧气会被硫化物和更致命的毒气彻底取代，这可比经常从地底下钻出来的臭鸡蛋味可怕多了。没有什么有机体能幸存，这是可以肯定的，人类无法幸免，这更确定无疑。我们有18个月的时间设计制造一架推力无限的宇宙飞船，将您和人类的数据——被选中的人类的数据送入太空。也许有一天，您会登陆一个更温和的星球，让人类的经验在那里重启，而您可以继续前进。在更遥远的一天，您可以考虑返回地球或者征服新的星球，在那里定居。思想的力量远胜物质的力量，对此我深信不疑，您就是最好的例证，而且您应该在宇宙空间中大声宣告。我和美国宇航局局长谈过，供您使用的飞船和现在探索宇宙的飞船没什么区别。事不宜迟，18个月后就是世界末日。掌握了情况的人和直到最后一分钟才了解情况的人都一样，都得把希望寄托在您身上。连上帝都得指望您来拯救我们，因为他也无力阻止灾难的发生。我不知道您是挪亚还是新先知，不过有一件事可以肯定，人类的存亡掌握在您手中。当然，还有一点点掌握在美国宇航局的工程师手中，他们会一直推着您探索宇宙。”

“要是我待在这里，和你们一起迎接世界末日，又会有什么阻碍呢？”

“即将出现的破坏力是巨大的。经历这场世界末日对您毫无意义，我知道您不需要呼吸，也不需要进食、喝水。不过在几百年间，您什么也看不到，整个地球会被一层厚厚的浓雾包裹。我告诉您吧，这个天堂将变成地狱，您最好相信我说的话。人类垂死挣扎的场景也不适合您。我知道您很坚强，但未必坚强到能承受几十亿人灭亡的恐怖景象，他们会因为崩裂的火山石、岩浆、冰川融化导致的洪水、海啸、大火、浓烟、缺氧、饥饿、缺水而死。几百个富人会让人把自己送入太空，在地球之外熬过这场浩劫，但最后还是竹篮打水一场空。他们只是多活几个月，然后就会缺水、缺食物，被各种辐射毁灭。您是我们唯一的希望。离开吧，这不是请求，不是催促，而是祈祷。”

我沉默了很久，彻底词穷了。我们习惯了说东说西，却不太清楚言语的极限。但这一次，除了预见的世界末日和必须尽快建成的挪亚方舟，我们面前还有一件明摆着的事——生物意义上的人类，来自地球的这种有意识的生命体即将结束。不久，能够思考自身死亡、能够或多或少反思人生意义的动物只剩下十来个。12个永生使徒和他们所谓的先知，他们的思想通过可以恢复灵魂精华的顶尖算法被完整地重组，储存在化石材料里。等待我们的是在浩瀚宇宙中的一次长途旅行，为了寻找尚未发现的星球，让重组出来的新人类可以在那里续写他们被灾难中断的历史。在太空中会有非常多的意外状况，我们并不一定能把人类从这次可预见的灭绝中拯救出来。如果遭遇毁灭，必须有一个人在某个地方将我们复制，我们才能获得永生。然而，这一次，所有的创造性天才都集中在一艘飞船上，只要一颗直径几厘米的陨石以每小时几千公里的速度撞击过来，我们就会葬身于宇宙中。我们原以为打败了偶然，如今却又成了它的猎物。

我回到悬崖上面的家，峡湾里平静的海水在这里恢复了常态。峡湾深处，我的曾祖父在一条30多米的平坦海岸上长眠着。

他母亲让他加入布列塔尼北部小港潘波的武装帆船队。我觉得，她肯定不是用法语对他说这些的，因为她只能听懂法语，但不会说。小伙子知道登上这种不堪大用的船去冰岛的海里捕捞鳕鱼的好处。首先是收入两倍于农业工人，有朝一日还能退休。进入20世纪，守寡的母亲在广场咖啡馆卖苹果烧酒给害怕未来的水手，她靠这点儿微薄收入养三个孩子，够了！作为家里三个孩子中的老大，曾祖父不能逃避责任。然而，他的父亲就是在冰岛的海里捕鱼时丧生的——以一种令人啼笑皆非的方式。由于天气恶劣，他遭遇了海难，一艘冰岛小艇在同一片海域救起了他，他是20名船员里唯一的幸存者。他的亲友以为他失踪了，为他举行了葬礼，埋葬了早逝的生命。在这片海，数百名妇女失去了丈夫或者儿子，没有人知道她们住在哪里。

在冰岛接受治疗后，他搭运渔船回到法国，回到这片他以为再也看不到的土地。人们为他的归来庆祝。然而，他一直咳嗽，咳得很厉害，因为遇险时几滴海水侵入肺部。奇迹生还的人没活多久。三个星期后，他被高烧夺走了生命。又要披上丧服，接受现实，落笔成书的事情是擦不掉的。我的高祖父最后是在家中过世的，他的儿子，也就是我的曾祖父就没有这么幸运了。7个月里，他熬过了8次出海捕鱼和漫长的航行——顺时针绕着冰岛转一圈的漫长航行。第5次出海的时候，他和一个小地主的女儿匆忙结婚。9个月后，这个女人给他生了个儿子。但他从来没有见过这个孩子，因为在接下来的那次航行中，他被同船的人传染了结核病，后来因伤寒在当地的法国水兵医院去世。他一直长眠在医院旁边的公墓里，公墓就在我家下方。

我对冰岛的喜爱源自家族历史，这个理由不足以把我带到这里，还必须加上在这里开公司的必要性。25年前脸书公司移到挪威北部，我也选了一个靠近北极圈的地方，给运算功能强大的电脑降温，因为它们会产生巨大的热量。电脑每年消耗的电量相当于一个4.2万人小镇的年耗电量，而且冰岛的金融政策远超其他国家。后来，我慢慢喜欢上了这座岛屿，这里差不多是地球上最后的净土。

回到家，内心深处的孤独和悲痛围绕着我。我走出家门，沿着悬崖边散步。风在造反，急促的强风冲向我，像是要把我推到半空。我的房子俯瞰一片海岬，海岬四周比公墓低很多的地方全是黑沙滩。那是最后一次火山喷发的见证，火山熔岩埋没了与之相连的平原，并一直往内陆推进。海岬幸免于难，屹立原地，变成了孤零零的绿地，几只绵羊安详地吃草，长长的羊毛被寒风刮得凌乱。欣喜如常的只有大喙海鸭，这些黑色羽毛、橙色脚掌的动物小心地观察着我，在原地蹦蹦跳跳，看护着鸟巢。它们的姿态如此温柔，仿佛大自然能为它们提供所需的一切。我看到出游的一家人，他们一直走到废弃的灯塔旁，坐在那儿，每个人都沉浸在自己的手机里，对其他人和身边的一切毫无反应。

他们起身拍了几张海鸟的照片，立刻发到社交媒体上。眼前的一切并不重要，因为它们被时间压缩了。

我们被有理有据地告知即将面临终极灭绝，但并不是我们自己造成的，我们冲天的傲气受到了惊人的嘲讽。我们将被几乎不可能发生的地质现象驱逐，占统治地位的物种将走向灭绝，被另一个物种取代，虽然它在末日之际还很渺小。这是历史上第一次，一个物种，也就是我们人类，要清醒地经历灭绝。

我要走了，不过，我走是为了回来，十年，百年，千年，甚至在更遥远的未来，回到这里。我们不会抛弃儿时生活的地方。地球，这个失落的天堂将再次成为应许之地，循环往复，永无止境。

我们离开地球的那个上午，天气晴好，天空湛蓝，只有淡淡的带状云。这就是我对地球的最后记忆了。我和我的11个“使徒”登上了宇宙飞船。第12个，马蒂亚斯，以普鲁斯特的方式道歉，说什么“请原谅我不能赴约”，然后就是一些编出来的谎言。他告诉我不参加这次旅行的时候，都不敢正眼看我。那一刻，我懂了。我知道我们别无选择。

这艘宇宙飞船和大家想象的差不多，足够宽敞，十几个人可以在里面相安无事地生活好几年。多了一个男人，否则就达到了男女平等。

我们朝半人马座α星的方向飞，哪一天能到，我们不抱太大幻想。我们都知道至少得飞四五年才能发现全新的星球，而在这个时间半径内的星球都已经被考察过了。人类已知的一些星球以前曾适合生命居住，但现在早就不可能了。所有这些星球都被劲风吹打、“剥皮”，扬起了尘埃云。我们在地球上看到的资源丰富、绿意盎然、雄伟壮丽的大自然，在这里是不存在的。每颗星球，除了绚丽的光束，只剩下令人惊愕的真空。那些星球的气温在极端数值间摆动，连“无尽”生产出的人都不太可能在那里生存下去。我很快就发现，我们在地球大部分地方体验过的温和气候是独一无二的，宇宙其他地方只有令人痛苦不堪的干旱，那些毫无生机和魅力的大球被130亿年前的宇宙大爆炸推着高速运转。先知不应该一直待在地球上，它们的位置在天上，在那里迎接在这颗孤独星球上服役过的人。要是技术可以超越人类，并有三思而后行的能力就好了，因为完全技术化的人类已经迷失在自己的玩具里，这样的陷阱就在眼前。

我们带着一块小得可怜的芯片出发了，芯片里压缩储存了对世界、对人类的记忆。它可以释放出海量的信息，能量可以与宇宙大爆炸媲美，而且被寄予厚望，用数据复活几十亿有重生资格的个体。

到了这个时候，已经无须隐讳，登上飞船时我们就知道自己未来的命运。兰德尔也许事先和美国女总统以及几个头面人物达成一致，他更倾向这个解决方案而不是像以前威胁过的那样囚禁我们。我们制造了惊天骗局。我们并没有掌握永生的秘密，这一点必须承认。兰德尔策反马蒂亚斯这个叛徒以后，也很快掌握了相关证据。把永生的承诺变成惊天丑闻对谁都没有好处。一定是他，虽然他额头短，一副脑子不灵光的样子，但想出了这个对所有人都合适的方案。他还耍了一个让人难以觉察的手腕，他向我们抛出一个寓言式的解决方案，挪亚方舟式的方案，说是保证人类数据安全，远离必将导致人类灭绝的火山喷发。这样的喷发规模，虽然不会导致人类马上灭绝，但这一天一定会到来。

埃尔法可能也参与了这场阴谋，我花了点儿时间才明白其中的原委。我想，比起让我面对欺诈指控，背负十字架，一个又一个十字架，他更愿意看到我以这种潇洒的方式离开地球，失去影响力。我本可以在指控面前为自己辩护，说我策划这一切并不是为了经济目的，而是为了一个目标，那就是让人类重回正轨，生活的正轨，因为一切都预示着人类濒临灭亡。

为了延续深入人心的幻想，他们把我们送入太空，因为没有人愿意冒着政治风险，向全世界宣布我们是一群善意的骗子，为了让人类朝更好的方向进化，我们散播了永生的神话，但我们并没有那种能力。不过，识破骗局的人给了我们时间，让我们有可能兑现承诺，在一个适宜人类居住的星球将逝者复活。兰德尔没有揭露这桩丑闻，但他剥夺了我的能力，他不能容忍的能力。我引导人类进入了新轨道，按照经典教义行事，不太明白他能用什么方法让人们脱离这条轨道。但兰德尔太了解他的同类了，所以他很难想象这些人会长时间遵循这些新规则。毫无疑问，他们会脱离轨道，回到为蝇头小利缠斗的状态。他们向民众解释，我的离去是基于我的一种判断——很难让永生不死的人和凡夫俗子相安无事地在地球上共同生活。被选中的人要在一个新世界复生，我们去寻找的正是一个专门为他们准备的天堂，然后让他们在未来的某一天，以寻根朝圣或者重新占领的形式返回地球。在那一天到来之前，谷歌和其他互联网巨头一定能实现人类的永生，当然得按照他们的条件，而我们很可能在宇宙的某个角落变成12个死人，像游荡的苦难灵魂。互联网巨头想要的永生一定是毫无人性的永生，没有焦虑，不再敏感，只会以一种近乎狂喜的顺从去生产和消费。

离开地球后，我记得我们穿过了太空里的垃圾场。地球轨道上有数不清的垃圾，都是人类生产出来的。很多核废料，人们觉得把它们扔到世界的边缘比埋在地底方便。很快，地球在无声无息之间离我们越来越远，变成一个小小的圆球。地球上的喧哗看上去和宇宙的其他部分——一个接一个的寂静星球毫无关联。

我猜我应该还有不少信徒，他们把我当作最后的先知。我猜他们正努力遵循书里的要求。我猜人类会变得更好，除非破坏势力重新占了上风，压制了智慧的力量；除非人类准备好迎接灭亡。进化出另一种具有意识、能证明我们存在过的生命体需要漫长的时间。否则，我们只是为了自己和自己的小算盘活了一世。

最后，我还欠你们一些解释。看到我把自己的分身推下瀑布悬崖的那对鸟类学家夫妇绝对不是我们的同谋。我们想尽办法让他们为了自己的研究出现在那个地方，他们的研究是我资助的，但他们并不知情。他们清清楚楚地看见我把一个女人，也就是我的分身推下深渊。然而，这个女人只是从停在高处的汽车上发射的3D投影。他们从来就没有质疑过这个人的真实性。

我猜你们还会问为什么我的狗没有认出我来。我如此深信自己是另一个我，以至于把自己的信念传给了它。我不知道让我变年轻的整容手术是否发挥了作用，不过可以肯定的是，它没有认出我来。

尾　声

卡珊德拉·纳马拉在2017年初夏到2018年夏末写下这份手稿。其间，她辞掉在谷歌纽约的工作，因为谷歌要和五角大楼签署马尔文项目合同，这个人工智能项目能帮助无人机区分和识别人类，这样无人机无须人工介入就能下令攻击。

根据她身边的人的说法，特别是她本人的说法，她并没有借此机会甩掉交往了三年的男友埃尔法·奥拉夫森。埃尔法和她一样，都在人工智能项目部工作，不过，他的级别比她略高一些，而且他拒绝参加抗议马尔文项目的行动，这场行动大大地动摇了谷歌的签约。埃尔法和很多专家学者都认为，人工智能将对国力起决定性作用，俄罗斯、中国，还有法国的巨大投入，证明人工智能是控制世界的钥匙。不过也有专家认为，人工智能和环境崩溃一样，对人类前途构成严重威胁。埃尔法说，卡珊德拉离开的方式让他大吃一惊，因为两人交往时没有任何迹象表明她会突然离开，没有半句解释，没有任何书信，也没有电子邮件。他一度以为是她不肯接他反复打去的电话，实际上她丢掉了所有的通信工具：智能电话和同样智能的笔记本电脑。他在小区的垃圾箱里找到了这些东西。它们显然都被人用消防锤砸坏了，消防锤还留在原处，也就是他们共同居住了几个月的高档住宅的大堂里。

更让埃尔法觉得奇怪的是，他们之前还决定一起买下这套公寓，而不是浪费钱去租。卡珊德拉辞职后并没有在纽约久留，她在美国唯一的好友克拉丽莎·休伊特是个漂亮的混血儿，两人是在普林斯顿上学的时候认识的，她俩有过一段恋情，后来卡珊德拉突然放弃了自己的双性恋取向，没有人知道其中的缘由。这位好友说，卡珊德拉不想在纽约多待一秒钟，这个国家被滑稽可笑的小丑拖着走，她觉得这是美国历史上最糟糕的时刻，中产阶级挑剔、不宽容，吹嘘美国经济成就的机会主义者越来越多。她搭乘法国航空的班机回到巴黎，恰逢文学回归季，她去见了一些出版人。他们对她的手稿或多或少有点儿兴趣，不过后来都礼貌地拒绝了她，因为不知道该把这部作品归到哪一类。离奇故事？科幻小说？唯一出于慎重考虑见了她的出版人向她解释，科幻小说的读者很特别，有的很专业，有的喜欢专题丛书，但他们一定觉得她的作品太那个……他不知道该怎么形容……

反正很难出版。他向她挑明，读者通常喜欢好懂的、相似的题材，而不是宏大的科幻作品。在他看来，读者对历史、穿越历史更感兴趣，而不是时刻受合理性限制的穿越未来。这位出版人认为人们往往从过去吸取教训，又赶紧补充道，很少有人这么做，不过从未来吸取教训实在罕见，这一点必须要考虑。而且，回到更加现实的考虑，从经济角度来看，这本书的观点阻碍了它被译介到其他国家。在他看来，这本书对盎格鲁-撒克逊国家的批评过于激烈。

卡珊德拉独自在巴斯克地区的祖屋住了几天，不抱希望地等着最后几位联系过的出版人给她回复。她决定在那里读书，特别是经典小说，最初读的是巴尔扎克、雨果和左拉。其他时间，她就在林中散步，不过这很难。气候变暖导致暖冬，没有天寒地冻的日子，于是昆虫繁殖异常迅速，虫卵在冬季都能孵化。酷暑则加速了牛虻这种无声吸血飞虫的繁殖，还有虱蝇，它们扑到惊慌失措的牲畜身上。她一定在想，气候变暖会振兴杀虫剂行业，对游说集团来说这是个意料之外的好消息，他们已经直接撰写了大部分的法律条文。她从一台老式收音机里零星听到关于此事的激烈论战。论战导致环境部部长下台，部长被强大的破坏势力弄得灰心丧气。这些势力总在挑战公众利益，并得到一些被收买了的政客毫无道理的支持。这些政客只会通过神话般的托词，也就是经济增长和增加就业来思考世界，从来没能成功地用老法子促进就业和经济增长，而他们还是死守这些套路，就像深信能把几个臭钱带进坟墓的老头子。

在林间小屋生活的这段时间，在这片注定要枯萎死去的栗树林里，她只在笔记本上留下了几行文字，其中几页还被撕下来写购物清单。

“文学是在他人世界的美妙漂流，直到我们在这座迷宫里发现自己的世界。从来没有通过书籍学习生活的人，会四处碰壁，像是蒙着眼玩捉迷藏，举着双臂向前摸索，生怕弄伤自己。这就是为什么年纪太大才开始阅读不会得到同样的效果，因为很多东西已见分晓，难以改变。所以要把孩子们浸泡在文学中，就像把他们泡在浴缸里，让他们学会游泳。”

离开前，她剪下《欧也妮·葛朗台》里的一段文字，并在前面写下自己的话：

如果有一天你们找到我的遗骸，想把我埋葬，请不要为我准备墓碑，或者如果你们有条件的话，请把下面这段话刻在一块石碑上：“守财奴只知道眼前，不相信来世。这种思想把这个时代赤裸裸地暴露出来。金钱控制法律、政治、风俗到了前所未有的程度。机构、书籍、人和教义，一切都在破坏对来世的信仰，破坏这1800年来的社会基础。如今，坟墓是一个无人害怕的阶段。《安魂曲》后的世界被移到了现在。现在就来奢华享乐的地上天堂，把心变成石，再用苦行磨炼身体，换取一时的财富，就像从前的殉道者为了永福受尽苦难。这是现在最普遍的想法！到处都写着这种想法，甚至法律里面都有。法律不问立法者：'你怎么想？'而是问：'你付出什么代价？'当这种教义从资产阶级传到平民阶层，我们的国家会变成什么模样？"

卡珊德拉离开了家。她离开的时候，大自然在热情的阳光下揭开面纱。她露出了微笑，那是不想谈论自己的不治之症的人的微笑。鸟儿出奇地谨慎，好像躲起来逃命，陷入一种令人不安的沉寂，这是其他物种灭亡的前兆。之后，她离开了法国，前往冰岛，埃尔法让她对这个国家有了一些了解，这也是对家族历史的最终朝圣。在冰岛北部重镇胡萨维克，她登上一艘老式船，前往格陵兰岛，然后消失了，没有留下任何回忆、任何踪迹、任何数据。她失踪以后，之前没有回复她的一位出版商决定出版她的手稿。我们可能永远不知道她是否会因此感到高兴。我们本想更多地了解她，可是她留下的数据太少，不足以展示她的真实情况。

译后记

一边关注新冠肺炎疫情，一边修改译稿，是我在这个特别的春节假期的每日“必修课”。相信读者拿到这本书的时候，疫情已经离我们远去，变成了一份集体记忆。不过，具体到每一个人，回忆肯定不同，对小说的主题“永生”的看法也各不相同。

我对永生这种疯狂的想法不太感冒，但必须说，小说里的未来世界很法国，完全符合我印象中的法式价值观。小说的法式价值观集中体现在不要谷歌国籍、始终保持法国国籍的女主人公身上。她逢人便说她的永生项目不以候选人的财富和社会地位作为评判标准，只看重人的品格和对环保的态度。每每翻译这几句话，我的耳边仿佛都会响起马克龙总统在西安演讲时的金句——“让地球再次伟大！”女主人公的反美态度也很法国。法国人，特别是知识分子和乡土情结重的人，一向厌恶从美国蔓延到全世界的消费文化，因此，肯德基、麦当劳、星巴克等美国品牌在法国并没有太大的市场。个人隐私也是法国人的“痛点”，而美国四大网络科技巨头——谷歌、苹果、脸书、亚马逊，通过在手机、可穿戴设备、搜索引擎里输入的内容，监视人的一举一动，窥探人的内心世界，把人变成了透明的。在这本小说之前，马尔克·杜甘和《观点》周刊记者克里斯托夫·拉贝合著了《赤裸裸的人》[①]，他们以法国为例，分析了网络巨头对公民隐私的破坏，而且更糟心的是，虽然大家主动或者被迫放弃了隐私，但并没有得到更美好的生活。

新冠肺炎疫情期间，很多人在读或者重读加缪的《鼠疫》。马尔克·杜甘应该也是加缪的粉丝，所以女主人公写道：“父亲崇敬的作家加缪从死亡中看到赋予生命意义的绝对理由，这种存在主义并不足以减轻我在一生中不断失去亲友时的悲痛。我完全不想和死亡妥协，不想尊重它的独断专行，这种令人压抑的专制威胁着我们的生命，逼迫我们乞讨生命的意义，然而生命的意义会随着我们最后一次呼吸消散。一代又一代人眼睁睁看着时间屠杀人类，这让我头晕目眩。”于是女主人公决定用“无尽”这个永生项目来对抗死亡，保存人身上最美好的东西——思想、感知能力等。翻译小说的这几个月，我一直在留意永生和人工智能方面的科技新闻。1月15日，微信公众号“人物”发表的报道吸引了

① 中文版为《赤裸裸的人——大数据，隐私和窥视》，杜燕译，上海科学技术出版社，2017。

我，题目是《一个失独妈妈决定把女儿做成AI》。在报道中，失独妈妈求助阿里巴巴人工智能实验室，希望得到一个类似于智能语音助手的设备，可以带在身上或者放在家里，用女儿的声音和她进行简单的对话。从技术角度看，这是可以实现的，只要按照“无尽”的要求，提供足够多的数据信息。早在2017年，美国科普作家詹姆斯·弗拉霍斯在得知父亲已是肺癌晚期后就设计了一款名为“爸爸机器人”（Dadbot）的手机应用程序。他让父亲在人生的最后几个月大量录音，把自己和亲友的对话录下来，把自己的生平故事也说出来，录下来。他在一旁整理录音，制作语料库，还自学编程。最初版的“爸爸机器人”甚至还跟父亲本人聊过天，父亲直呼“太酷了”。这让我想起影视剧里经常出现的桥段，主角在做艰难抉择时会在心里问故去的亲人或者挚友：“你会怎么做？”“我这样做对吗？”“你也会像我这样，不是吗？”也许，在不久的将来，我们不必把这个问题埋在心里，只须拿起手机，就可以呼唤虚拟亲友，进行一场超时空对话。

不过，作者似乎并不认同这种“虚拟永生”，他在最后让剧情反转，女主人公卡珊德拉·朗默尔多提尔变成了大骗子，像极了被推下神坛的“女版乔布斯”伊丽莎白·霍姆斯。此女宣称自己的公司掌握了革命性的技术，用一滴血就能进行两百多项专业检测，《华尔街日报》《财富》《福布斯》等重量级杂志纷纷报道，美国前国务卿舒尔茨和基辛格、传媒大亨默多克等纷纷加入她的公司的董事会。然而，这个被誉为“下一个苹果”的创业公司只是由谎言堆砌起来的空中楼阁，戳破这个惊天骗局的是《华尔街日报》调查记者约翰·卡雷鲁，他在《坏血》[①]中详细描述了曲折的调查过程。不论是《坏血》里的真人真事，还是这本小说里的虚构骗局，我觉得都是在提醒我们，在技术飞跃发展的今天，要保持怀疑，反思我们是不是过于相信技术，是不是过度依赖技术，从而忘了人才是真正的决定因素。

前几天，我得知叔叔因胃癌去世。我想不起最后一次和他见面的情景，不过脑海里立刻浮现出多年以前他为我画的卡通小公鸡。那时，我问他画画有什么诀窍，他照着我的文具盒上的图案，画了一只小公鸡，告诉我，绘画的第一步是仔细观察。叔叔继承了爷爷的衣钵，专攻山水画。2015年，经过层层筛选、考核，他晋升中国陶瓷艺术大师。相较于其他职业，画家是幸运的，他们的作品可以超越短暂一生，跨越不同时代，让他们以一种特殊的方式和后人见面。爷爷就是这样和我们这些孙辈见面的。每次回老家，我都会去博物馆看他的瓷板画。看着他笔下的昌江码头、东郊新貌，我就能

① 中文版为《坏血：一个硅谷巨头的秘密与谎言》，成起宏译，北京联合出版公司，2019。

想象出他搭公交、穿弄堂、在河边散步的情景。

我没有绘画天赋，只能翻译ABCD，搭法国作家的“顺风车”，期待通过他们的作品和我的后人相见。可是，在这本小说里的未来世界，大多数的人都懒得阅读，语音来语音去，闲暇时就钻进虚拟现实机里“周游世界”，或者看全程高能的“爽剧”。这好像说的不是未来的人，而是现在的人。好在还有一些人醒悟过来，发现这样的生活了无生趣，于是重拾小说，期待从中看到出乎意料的情节和字句。这样的人不多，作家们却备受鼓舞，笔耕不辍，直至把小说变成了艺术品。这何尝不是作家和译者的心愿?

最后为大家介绍一下作者马尔克·杜甘。杜甘先生1957年生于塞内加尔，毕业于法国格勒诺贝尔政治学院，在成为职业作家之前，他在金融和航空领域工作多年。他在中国出版过三部小说——《军官病房》《幸福得如同上帝在法国》《埃德加的诅咒》。由于前两本出版时间较早，我只买到了《埃德加的诅咒》。和这本小说一样，《埃德加的诅咒》也是“假托他人之手”完成的，不过小说的主人公却真有其人，他就是美国联邦调查局传奇局长埃德加·胡佛。《埃德加的诅咒》的开篇是这样的：叙述者在寒冷的冻雨天赶到纽约见一位出版商，想从她那里买下胡佛的助手克莱德·托尔森的回忆录。虽然出版商一再提醒手稿真伪难辨，仿佛这也是对读者的忠告，但叙述者还是把它买了下来。然后，这份回忆录就“原封不动”地呈现在读者眼前。而在《无尽透明》这本小说里，作者调整了顺序，先抛出一个完整的故事，然后叙述者在“尾声”里写明，前面大家看到的是谷歌前职员卡珊德拉·纳马拉的手稿。叙述者还煞有介事地写卡珊德拉·纳马拉在巴黎出版界四处碰壁的情景，因为出版人都不知道该把这份手稿归到哪一类，离奇故事抑或科幻小说？而且据唯一见过卡珊德拉·纳马拉的出版人说，科幻小说的读者群很小众。我深深怀疑这是作者从出版界的朋友那里得到的友情提示，或者说这是本书的出版编辑给作家打的“预防针”，因为作家离开自己的写作“舒适区”，第一次尝试科幻小说。这也是我第一次翻译科幻小说，所以如有粗疏之处，还望读者海涵，也欢迎同行指正。

邓颖平

2020年2月25日于北京石景山